満月の夜は吸血鬼とディナーを

満月《まんげつ》の夜《よ》は吸血鬼《きゅうけつき》とディナーを

水壬楓子《みなみふうこ》

ILLUSTRATION：山岸《やまぎし》ほくと

満月の夜は吸血鬼とディナーを

LYNX ROMANCE

CONTENTS

007　満月の夜は吸血鬼とディナーを

250　あとがき

満月の夜は吸血鬼とディナーを

満月の夜だった。
長い髪の美しい少女が窓辺でカーテンを握りしめ、そっと外の様子をうかがっている。
窓の外には大都会の摩天楼が迫るように広がっていた。
まばゆいばかりの光の洪水だが、今日はひどく月明かりが強い。
飲みこまれそうな大きな月に、少女はとっさにカーテンを引いた。
心臓がドキドキと大きく音を立てる。
このところ、おかしかった。自分でもおかしいとわかっていた。
幾晩も続けて、同じ夢を見るのだ。
この窓の外から、月明かりとともに一人の男が入ってくる。
月の化身のように、透明で美しい青年だ。
少女は一目で恋に落ちた。彼も少女の手を取ってくれた。
額《ひたい》に、首筋にキスをくれる。
だが目が覚めると青年の姿はない。
夢だったのだと……あきらめるしかなかった。
だが少女の枕元には赤いバラが一本、残されていたのだ。
少女は歓喜した。

それから毎夜、夢の中で青年との恋を育てていった。夢の中で、少女は空を飛ぶようにふわふわと幸せな気持ちだった。

しかし昼間の少女は、日に日に衰弱していった。

自分では気がつかなかったが、心配した家族が神父に相談し——神父は断言する。

「おお…、神よ！　この子は悪魔に魅入《みい》られています！」

少女は枕元に聖水を置き、胸に十字架《クルス》をかけて眠りにつくようになった。

夢の中で青年は叫んだ。

「僕たちは愛し合っていたのではなかったのか⁉」

「ならば、証明して！」

叫んだ少女は、夢の中で男に聖水を浴びせる。

とたんに青年の皮膚がただれ、絶叫を上げた。

——魔物である証拠だ。

「やっぱりあなたは……！」

怯《おび》える少女に悪魔は言い放った。

「僕は君をあきらめはしない…！」

そしてそれ以来、青年が夢に現れることはなくなった。

それでも心配した家族は、彼女の結婚を急いだ。名門の家だけに、生まれた時からの婚約者がいたのだ。

しかし挙式が近づいた今日になり、目覚めた時、彼女は枕元に赤いバラを見つけたのだ。

一瞬してに恐怖がよみがえった。

月を見るのが恐かった。

その時——いきなり背後でドアの開く音がし、彼女は顔色を変えて身をすくませる。

それでもおそるおそる振り返ると……立っていたのは、見慣れた少女の婚約者だった。

ホッと、全身の力が抜けた。

「びっくりしたわ…」

「ああ…、すまない。脅かしたみたいだね」

優しい笑みで、婚約者が近づいてくる。

が、ふと少女は疑問に思った。

「でもあなた、どうやってここに…？」

用心している家族は、取り次ぎもなしにこんな家の奥まで誰かを入れるようなことはない。たとえ婚約者だったとしても、だ。

「愛《いと》しい君に会うのに障害などないよ」

しかし彼は優しい笑みで言った。

そして大きく腕を広げ、彼女を抱きしめようとする。

「君は僕の運命の人だからね」

次の瞬間、婚約者の口元から牙《きば》がのぞいた。唇からはみ出すほど長く伸びた牙だ。

ハッと少女が顔を上げると、いつの間にか婚約者の顔は美貌《びぼう》の青年に変わっている。

その瞬間、凍てつくような悲鳴が少女の口からほとばしった。

「キャアアアアアアア――――ッ！」


「ギャアアアアアアアア――――ッ！」

地を這《は》うような低いその悲鳴がいきなり壁を突き抜けて飛んできて、さすがに真凪《まな》もビクッと背筋を震わせた。

朝の十時過ぎ。冬の空はすっきりと晴れ渡っている。

昨日、十時間以上ものフライトの末、ようやく日本に到着したばかりだった。あらかじめ手配してもらっていた都内の家にたどり着いた時には夜の九時をまわっており、旅の疲れもあってその日はそのまま休んでいた。

……少なくとも、真凪はそうだった。

そして今朝起きてからようやく、少ない手荷物を片付けていたところだ。

コンクリート打ち放しの、こぢんまりとした瀟洒《しょうしゃ》な二階建て。２ベッドルームに、リビングとダイニングキッチン。もともと外国人向けなのか、家具や家電はあらかじめそろっていて、ベッドも昨日からすでに使えるように用意されており、ありがたいことに冷蔵庫には飲み物やちょっとした食料なども入っていた。

この教区の司教には礼を伝えなければならない。

滞在がどのくらいになるのかわからないが——短ければそれに越したことはないのだが——、いずれにしても挨拶《あいさつ》に行く必要はある。

具体的な状況は知らされないまま、いきなり使徒座の総務局から要請が入ったはずで、こちらの教会としても少しばかりあわてただろう。

今日の予定としてはその司教への挨拶と——そしてさっそく、来日の目的に取りかかるつもりだった。出向くべき場所は多い。

そろそろ、あの男も起こさないとな…、と思っていたところだった。

今、この家にいるのは二人だけだ。……のはずだ。

ということは、今の悲鳴はもう一人の男のものでしかない。

「ヒース!?」

あの男に限って何かあったとは思えないが、状況的には万が一ということもある。確認しないわけにはいかない。

素早く立ち上がって、真凪は隣の男の部屋をいくぶん手荒くノックした。

「入りますよ」

そして返事も待たずにドアを開けると。

見かけ上は三十なかばの男が――実年齢が何歳なのだか、正確には知らないが――枕を抱きしめ、目の前の大画面テレビを見つめたまま、ソファの上で固まっていた。

顔が強《こわ》ばっている。

何事かと真凪もその視線を追ってテレビ画面を見ると、金髪碧眼《へきがん》の美青年が腕に美少女を抱えて、口から血を滴らせていた。そして青年の口元には、赤く濡《ぬ》れた長い牙。

まごうことなき吸血鬼である。

真凪はゆっくりと視線をもどし、いかにもあきれた目で男を眺めた。

「……吸血鬼が吸血鬼映画を観ておもしろいですか？」

ヒースがようやく我に返ったように、ハァァァ…、と大きな息を吐き出した。乙女のように胸に手を当てている。……まったく可愛《かわい》くはないが。

「いやー、最新の映像技術はすげーよ。マジ、びびるもん、俺」

どっちに感情移入してるんだ、と真凪は内心でうめいた。

おまえは襲う方だろうが。

「あなただって長年やってきたことでしょう？　今さらなんですか」

冷たく指摘した真凪に、ヒースがキリッとした顔で颯爽《さっそう》と言った。

「それは偏見だぞ、ファーザー・真凪。由緒正しい、正統派の吸血鬼はあんなキザな襲い方はしない」

「そういう問題じゃありません」

断固として主張したヒースに、ピシャリと真凪は断じた。

「吸血行為自体が人類に対する冒瀆《ぼうとく》だと言ってるんです。宇宙人のキャトルミューティレーションと同じですよ」

「あんなのと一緒にしないでくれっ！」

両手で頭を押さえ、キャーッ！　と全身に鳥肌を立てる勢いでヒースがわめいた。

「てか、アレは宇宙人じゃないって証明されてんだろっ？　非科学的なことを言うなよっ」

超非科学的な存在がファンタジーを否定するな。

内心で真凪はつっこみつつ、白い目で男をにらむ。

「それよりあなた、まさかゆうべからずっと映画を観てたんですか？」

テレビの前に散らばっているレンタルらしいＤＶＤのパッケージを眺めて、真凪はちょっと眉《まゆ》をよせた。

吸血鬼モノの映画やらアニメやら。他にもいろいろ。

……どれだけ、自分が大好きなんだ。

というか、いつの間にレンタルショップに行ったんだろう…？　と思う。まあ、真凪が寝ている間

だろうが、夜の街を勝手に徘徊《はいかい》していたのか、と思うと、ちょっと恐い。

映画の中の吸血鬼じゃないが、まさか誰か襲ってないだろうな、と疑いたくなる。

真凪の言葉に、んぁぁぁぁ…っ、と大きく伸びをしてヒースが答えた。

「どうせ、時差惚《ぼ》けで寝らんなかったしな」

吸血鬼のくせに時差惚けなんてあるのか…？

しかし考えてみれば、吸血鬼であれば夜には強いわけだ。

「つーか、こういう映画の吸血鬼はなんでいっつも若くて美形なんだろーなー…？」

ソファの上で胡座《あぐら》をかいて、ヒースがぶつぶつと不服そうにうなっている。

いかにも解せないといった顔だ。……本物の吸血鬼としては、だろうか。

そう、まさしく吸血鬼、なのである。この男は。

テレビの中の十代（に見える）美形の青年とはまるで違い、無精ヒゲも見苦しい、いかにもむさ苦しいオヤジである。

「どうせ血を吸われるなら、若い美形に吸われたいからじゃないですか？　誰だって、小汚いおっさんに吸われるより、若い美形の方がいいに決まってます」

「真凪ちゃん…、君、とても神父とは思えない毒舌を吐いてるよ？」

ちょっと情けない顔でポリポリとこめかみのあたりを掻《か》きながら、ヒースがうなった。

「吐く相手は選んでいますから」

素っ気なく真凪は言い放つ。

「それより、顔を洗ってとっとと仕度してください。——警察、行きますよ」

※　　※

桐生《きりゅう》真凪が属するのは「教会《エクレシア》」の中の、「熾天使会《セラフィアム》」と呼ばれる部門だった。使徒座の一つである、内赦院《ないしゃいん》の下部組織になる。

熾天使会に属する委員たちは、陰では「狩人《シャスール》」と呼ばれ、その名の通り「魔を狩る」役目を負っていた。

悪魔——さらに、それに類する魔物たちである。

狼《おおかみ》男や人虎、ケルベロス、ハーピー……そして、吸血鬼。

暗黒の中世から幾星霜を経て、魔の潜む夜も煌々《こうこう》とLEDに照らされる時代になったが、それでも完全に闇《やみ》が消え失《う》せることはない。

人類に対して圧倒的に数が少なく、繁殖力も弱いとはいえ、やはり個々の生命力は強かった。基本的に寿命も長い。

魔物たちも時代とともに進化し、学習し、人にまぎれ、自らを適応させて密《ひそ》かに生き残っていた。

ある魔物たちは人に憑依《ひょうい》し、その身体《からだ》を乗っ取ることで。あるいは、自らを人に似せた姿に擬態することで。

もしかすると今の世の中は、ある種の魔物たちにとってはかえって生きやすくなったのかもしれない。

大都会では隣人に無関心だし、仮に異形の姿を見られたとしても、おそらくはコスプレかドラマの撮影くらいにしか思われないだろう。

魔物たちが闇の中でおとなしく息を潜めているだけであれば、もしくは、人に配慮して生きていれば、ことによれば共存は可能なのかもしれなかった。

が、そもそも共存できる種であれば、魔物とは呼ばれない。

人に害をなすからこそ、魔物なのだ。

◇　◇

遥《はる》か頭上で扉が開く音が耳に届いた。

闇を黒で染めたような漆黒の中では、さすがの吸血鬼でも視界がない。

しかしその音とともにふわりと、目の前の闇のベールが薄く一枚、剝《は》がされたような気がした。

「ようやくか…」

しゃべる相手がいるわけでなく、ひさしぶりに発した声は乾いていた。

ふ…、と知らず口元に笑みが浮かぶ。

もうすぐ光が降りてくる——。

◇

◇

三日前——。

この日、真凪は招集を受け、自らの部署へと赴いた。

聖都の中央に広がる壮大な「宮殿《パレス》」が使徒座の——世界中から神父たちが集い、枢機卿や大司教たちが各省、各部門に分かれてすべてを取り仕切っている教会《エクレシア》の活動の中枢となる。

その中の、あまり目立つことのない隔離されたような一室に熾天使会の本部もあった。

神父である真凪だが、今は特定の教区ではなく宮殿の本部所属になっている。そして「狩り」に入れば、対象を追って世界中を飛びまわるのだ。

そのため、本部に籍があるとはいってもたいがいは外での仕事であり、今の時代、報告書などもタイムロスがなく、メールで送ることができる。宮殿まで来ることはあまりなく、熾天使会の仕事が、他の部署とは直接関《かか》わることのない独立した任務《ミッション》だけに、行き交う神父たちに顔見知りはほとんどいなかった。そうでなくとも、数千人の職員——すべて神父だ——がおり、入れ替わりも少なくない。

宮殿のゲートで身分証を提示すると、機械が読み取ってクリア、の確認を出す。

警備係が流れ作業のように視線を落として、形式的に所属を確認したのだろう、黙礼してそのまま真凪を通し——次の瞬間、二度見するように真凪の顔を凝視した。

どうやら「熾天使会」を知っていたらしい。噂《うわさ》を聞いていた、ということかもしれないが。

そもそも教会の公式文書において、「熾天使会」に関する記載は一切ない。形式としては、上位組織を補佐する小さな一部会に過ぎず、その活動内容が公にされることもない。

おそらく末端の神父たちならば——世俗の人々も含めて——、その存在自体を知らない者の方が多いのだろう。

そして会に属する委員——狩人《シャスール》の数もきわめて限られていた。神父たちが実際に狩人と顔を合わせることも稀《まれ》で、係員が驚いたのも無理はない。

本当にいたのか…、といった感じの、ギョッとした眼差《まなざ》しだった。

真凪としては、気づかないふりでそのまま通り過ぎる。

熾天使会の名を知る者たちにしてもおそらく、狩人たちは「魔物」を狩っている——というくらいの認識でしかない。

実際のところ、今の時代で「魔物との戦い」などといえば、なかば都市伝説のように語られているだけで、エクソシストと同一視している者もいた。あるいは、聖人の「奇蹟《きせき》の認定」と対をなす「悪魔の認定」をする役割だと理解している者も多い。

確かにその側面もあり、……つまり、人に化けた誰々を魔物だ、と名指しするわけで、まるで魔女狩りをしているかのように、多くの同胞から恐れられ、忌諱《きい》されている。

陰では「闇の神父」、あるいは「死の天使」と呼ばれていることは、真凪も知っていた。

狩人の行くところには死がつきまとう。それは確かだった。

実際に魔物に襲われるだけでなく、巻き添えとなる人間も多いのだ。

「狩人《シャスール》…？」

背中から、警備係のつぶやきがかすかに聞こえてくる。いかにも懐疑的なのは、真凪がそうは見えなかったからだろうか。

今年二十八歳だったが、うっかりすれば、神学校の学生と間違われるくらいには若く見える。さらには細身の体つきも、どことなくはかなげで繊細な容姿も、とても魔物と戦う力があるとは思えなかったのだろう。

だが「狩人」に選ばれたということは、もちろんそれだけの能力を認められたということだ。

やはり魔物と渡り合えるだけの身体能力や、魔物に関する膨大な知識。

魔物を特定し、その動きを読み、弱点を探し、戦い方を決める。そして実際に魔物に対峙した時の冷静な判断力――などだろうか。

日本で生まれ育った真凪だが、祖母がハンガリーの生まれだったらしく、少しばかり日本人離れした整った容姿のせいか、小さい時から何度か連れ去りの被害に遭いかけたことがあった。中学生の頃には、卒業した先輩がストーカー化したこともある。コンビニ強盗の現場に居合わせて人質に取られたこともある。

何か、引きよせられるみたいにそんな事件に関わってしまうのだ。

それでも大きな問題にならなかったのは、居合道の師範だった父のもとで幼い頃から修行をしていたことや、護身術の一つとして空手なども習っていたからだろう。

おかげでたいていの場合、自分を冷静に保つことができたし、自力で対処もできた。

今も自分の集中力を高めることや、相手の――魔物であっても――呼吸を推し量ることに役立っている。

いや、高校生くらいから、将来を見据えて体力も精神力も鍛えてきたのだ。

真凪が神父になったのは、はじめから「狩人」という存在を意識してのことだった。

一般にはまったく認知されていないその職務だが、真凪の叔父が「狩人」だったのだ。

そして、その任務の中で殉教した。十年前――真凪が十八歳の時だ。

大好きな叔父だった。よく任務の合間に実家を訪ねてくれていて、小さい頃から真凪も懐いていた。しょっちゅう恐い夢を見ていた真凪を抱きしめてくれた。不思議と叔父といると、そんな夢を見ることもなく、ひどく安心していられた。

自分の訪れた世界中のいろんな話をしてくれたのを覚えている。あまり神の話をすることはなく、世界を股《また》にかける船乗りとか貿易商のような、とても神父とは思えないほど豪快な人だった。大胆な行動と、繊細な思考と、天性の勘を合わせ持つ、どこか山師的な雰囲気があった。多分、詐欺師だったとしても成功していただろう。

叔父は「狩り」を聖なる責務として使命感を持って行っていた——はずだが、同時に、宝捜しのように楽しんでいた気がする。そのためか、叔父の話す「魔物」は恐ろしくもあり、同時にどこか不思議な魅力があった。

そんな叔父の死は、真凪にとっては衝撃だった。

同じ道を目指すことをはっきりと決意したのは、やはり……仇《かたき》をとりたい、という気持ちが強かったからかもしれない。

右の頰《ほお》を打たれたら、左の頰も差し出せ——という教えからは、神父のくせにずいぶんとかけ離れていたが。

叔父のやり残したことを、自分がやり遂げたいという思いもあった。

家族にはずいぶんと反対されたが、真凪は一歩も引かず、意思を通した。

海外で神学校へ入ってから、真凪は直接、熾天使会へ手紙を送った。

——叔父の遺志を継ぎたい、と。

返事はなかったが、神学校を卒業する頃、熾天使会の首座であるシルヴィア大司教から面談の要請があった。

やはり叔父の、生前の功績が汲《く》まれたのだろうか。真凪のことも、あるいは何かのついでに話題にしてくれていたのかもしれない。

大司教は——つまり熾天使会は、その時点で真凪について、あらゆることを調べ上げていたようだった。

名前や生まれはもちろん、両親のこと。学校での成績。行動や交友関係。真凪の関わった事件、事故。さらには個人的な趣味や嗜好《しこう》、特技までも。

そして一定の研修期間を経て、もっとも新しい「委員」として承認されたのである。

最初の数カ月は、先輩の狩人の補佐という形でやり方を覚え、魔物に慣れるようにした。

それから個人で任務に当たるようになり、それなりの成果を上げてきたと思う。

狩人の任務は、まずは魔物の駆逐だが——制圧し、捕獲できれば一番いい。捕獲が難しい場合には、殲滅《せんめつ》ということになる。

対する魔物の性質がわかっていれば、人の身でもそれは可能だった。それをできるのが「狩人」である。

だがやはり、人間が魔物と戦うのはリスクが大きい。知識はあったとしても、ほとんどの場合、初めて立ち向かう魔物になるのだ。

そのため、狩人にはその都度、適切なパートナーをつけることが基本だった。

魔物の、パートナーである。魔物を捕らえるために、魔物の力を利用するのだ。

その魔物というのは、長い歴史の中で教会が捕縛し改悛《かいしゅん》させた者、そして教会と「血の契約」を結んだ者である。

契約を結ぶ条件はさまざまだろうが、多くは捕らえられたあと、命と、あるいは自由と引き替えに、という場合が多い。

もしその契約に逆らって逃げたり、人間を襲ったり、パートナーである神父の命令に逆らうようなことがあれば、自ら塵《ちり》となり――滅びる。

狩りの時、魔物をパートナーに連れていれば、魔物をおびき寄せやすい、ということもあるし、魔物同士、動きを察知できるという利点もある。

ただし、結局は魔物だ。小狡《こずる》く、つねに神父を出し抜こうとしている。

パートナーである神父の「命令」の、隙《すき》を狙《ねら》うのだ。

つまり、命令されたことはする。逆に言えば、命令されたことしか、しない。そして命令されない限り、逃げることはなかったとしても、自由奔放に行動する。

そのため、魔物をうまく利用するにはコツがいる。

ある種の信頼関係というのか、協力した方が結局は自分のためだ、ということを形として教える必要がある。

あるいは手っ取り早く、「餌付《えづ》け」するか、だ。

お利口にして協力すれば、あらかじめ約束したパートナーの欲しいものをやる、あるいは望みをいてやる――というような。

その時に追いかける魔物によってパートナーになる魔物も変わってくるし、もちろん魔物ごとに個性もあれば、個人差もある。いちいちパートナーシップを築くのも面倒《めんどう》だったが、それも狩人の技量と言える。

ベテランの狩人であれば、やはり経験値なのか、そのあたりがうまいようだ。

そして経験が長くなれば、魔物ごとの能力も把握し、自分にとって使いやすい魔物が決まってきて、自然と固定のバディになる場合も多いらしい。……馴《な》れ合って、「飼い犬に手を噛《か》まれる」ミスを避ける注意は必要だが。

真凪の場合は、まだそこまで使いこなせる特定の魔物はいない。

そのため、任務が入ると、その追いかける魔物と相性のよさそうな――あるいは悪そうな魔物が、首座である大司教から推薦の形で降りてくる。

今回招集を受け、また新しい任務につくのだろうということは真凪も予測できた。

新しい仕事というのは、やはりいつも少しばかり緊張する。

どんな魔物が相手なのか――、と。

種族によって対処は違うし、それだけ予習も必要だ。

真凪は自分の力を過信してはいなかった。叔父のこともある。今まで生き残っていること自体、幸運であり、神に感謝するしかない。

それでもわざわざ宮殿に呼び出されることはめずらしく、少し違和感を覚えていた。

しかも指定されたのは、熾天使会の本部ではなく、宮殿内の別の場所だった。

馴染みのない……今まで真凪も足を踏み入れたことのない、敷地内でも奥まった場所にある古い礼拝堂だ。

一つの都市国家を形成する聖都の宮殿だけに、聖堂にしても、食堂やふだん馴染みのない事務方の建物などでも、まだまだ真凪の知らない場所は多い。あらかじめ行き方を教えておいてもらわなければ、かなり迷っただろう。

「ここ……か？」

今は使われていないらしい、相当に古びた礼拝堂を前に、さすがの真凪もとまどった。

入り口の扉へと続く石段は崩れかけて隙間からは雑草が生えていたし、扉のドアノブも錆《さ》びて黒ずんでいる。すぐ横のステンドグラスも下の方が欠けていた。中は隙間風が激しそうだ。

それでも扉の横に、いくぶん薄く消えかけてはいたが、六枚の翼が図案化された印が記されており、どうやらこの場所で間違いなさそうだった。

六枚の翼は、この場所が熾天使会の管轄下にあることを示している。

宮殿の中のあらゆる建物、あるいは部屋は、全職員に共有の場所と、各省の管轄下にある場所とに分かれており、それぞれの管轄下にあれば基本的にその部署の人間しか立ち入ることは許されない。

礼拝堂を眺め、真凪はわずかに汗ばんだ額を拭《ぬぐ》った。

冬の初めで、とても暑いという気温ではない。むしろ肌寒いくらいだったが、先日までいたところが比較的暖かかっただけに少し風邪気味で、このところ微熱があったりなかったりと不安定だった。

そのせいか、夢見も悪い。

しかし、そんなことを言っている状況ではなかった。

そっと息を吸いこんで、ゆっくりと石段を上がっていく。

建物自体は古かったがセキュリティは施されており——神父しかいない場所で、誰が悪行を働くのかという疑問はあるが——真凪は扉の中央付近にそこだけ真新しくついていた銀のプレートに、首から下げていた十字架《クルス》をかざした。

カシッ、とクラシックな外観には似つかわしくない電子音が小さく響き、真凪は扉をそっと押し開く。

中は薄暗く、外の光もステンドグラス越しでまともに届いていない。いや、磨かれていれば鮮やかな色が入ったのだろうが、外から見てもかなりくすんでいた。中の空気も淀《よど》んで、鼻がムズムするくらいほこりっぽい。

それでもようやく目が慣れて、奥の方まで見通せるようになる。

素朴な会衆席《ネイブ》が並ぶ奥に説教台があり、内陣、至聖所と続いていた。こぢんまりとした礼拝堂だと思ったが、意外と奥行きがある。

と、その奥の方で動く影に気づいて、真凪はハッとした。

顔ははっきりしなかったが、熾天使会の首座であるシルヴィア大司教だろう。

真凪を招集した男だ。四十代で、大司教としては相当に若い。常に冷静で、物静かな口調であり、真凪はこの上司が怒ったところも笑ったところも見たことがなかった。といって、取っつきにくい感じでもない。

「……おいででしたか。遅くなりまして申し訳ございません」

少しあせってそちらに近づいていく。指定された時間よりは早く、真凪としては礼儀上も上司よりは先に到着するつもりだったのだが。

「いや、かまわないよ、桐生神父。私たちが少し早かったのだ」

覚えのある穏やかな低い声が耳に届いた。

私——たち？

近づいた真凪があらためて顔を上げると、大司教の奥にもう一人、男の姿があった。怪訝《けげん》にうかがい、その顔を確かめた瞬間、真凪は思わず目を見張る。

「カッシーニ枢機卿……」

光が少なくて判別が難しかったが、近づいてみれば緋色《ひいろ》の僧衣であるのがわかる。

「わざわざご苦労だったね、桐生神父」

枢機卿が真凪を静かに見つめ、やわらかく口にした。

「い、いえ…」

ハッと我に返った真凪は反射的に腰を折り、そう答えるのがやっとだった。それでも軽く差し出された枢機卿の手の指輪に、恭しく唇を触れさせる。

驚いた。

この人がここにいることにも、真凪の名を知っていることにも。

僧衣でなければ、灰色の髪で少し小柄な、どこにでもいるような五十代の男なのだろう。

だが使徒座では事実上ナンバー２の立場にいる、普通なら真凪くらいの神父が謁見できる人ではない。穏やかな微笑《ほほえ》みだが、さすがに存在感がある。

実際に五十代でこの地位にあるということは、かなりのやり手だと言える。

世界的な、これだけの規模の組織であれば、人も金も大きく動く。大国に相当する権力も、膨大な信徒を抱える国々への影響力も出てくる。聖職者の園ではあるが、やはり上に立つには人格はもちろん、卓越した政治力が必要とされる生臭い世界でもあるのだ。誠実さと清貧だけでは、とても渡り合えない。

真凪ももちろんカッシーニ枢機卿の顔は知っていたが、こんなふうにまともに対面したのは初めてだった。

急に喉《のど》が渇《かわ》いたような気がして、ふっと、これまでの任務とは何かが違うのだ、という重い予感が胸をかすめた。

——どうして…？

それにしても、カッシーニ枢機卿ほどの人が直接出てくる意味がわからない。

「君を呼んだのは他でもない。新しい任務《ミッション》を与えたいと思う」

大司教の言葉に、はい、とだけ、真凪は硬い口調で答える。

「実は、日本から専門家を派遣してほしいと依頼があってね」

枢機卿が穏やかに口を開いた。

「君の祖国でもあるし、君が適任だろうとシルヴィア神父から推薦を受けた」

「ご期待に添えますよう、力を尽くします」

いくぶん緊張しつつ、真凪は答える。

「桐生神父。君をはじめ熾天使会の教会《エクレシア》を守り、神にその身を捧《ささ》げる働きについては私も常に敬服している。君たちの活動を公表し、それにふさわしい賞賛を与えられないことはとても残念で…、申し訳なく思っているよ」

「猊下《げいか》のそのお言葉だけで、十分な栄誉と存じます」

真凪は静かに頭を下げ、シルヴィア大司教も小さくうなずいた。

「熾天使会の者はみな、自らの役割を理解しておりますので」

いつもの、淡々とした落ち着いた声だ。任務を言い渡す時も、成功にせよ、失敗にせよ報告を受ける時も、あるいは……配下の訃報《ふほう》に接した時も、常に表情は変わらない。

だが自らを律しているだけで、感情がないわけではないのだろう。とりわけこの仕事で、冷静な判断が求められているということだ。

「桐生神父。君は知っているかな？　このところ、日本を騒がしているという事件を」

大司教が真凪に向き直って話を進める。

「ああ…、いえ、くわしくは」

真凪はわずかに首を傾《かし》げた。

どこにいても日本のニュースは定期的にチェックしているので、ちらっと何か物騒な事件が起きているというのは知っていた。……そう、かなり猟奇的な事件だということで、少し気になっていたのだ。メディアの暴走という可能性も疑ってはいたが。

「申し訳ありません。『狩り』に集中している間は、あまり他のことに意識を向けないようにしておりますので」

そうだな、と大司教がうなずく。

「まさか、それに魔物が関わっていると？」

眉をよせて、真凪は聞き返した。

絶対数の少ない魔物は闇でこっそりと動くことが多く、あからさまに人目につく行動はあまりしないものだが。

そして「魔物」と教会が呼び習わしているものは基本的に西洋の産物であり、こちらで活動することが多い。東洋には東洋で、別の怪物たちが存在する。

とはいえ、グローバル化が進んだ近年では、人にまぎれる魔物たちも世界中を動くようになっていた。それだけ狩人たちの探索の範囲が広がり、面倒なことにもなっている。

反面、ＳＮＳの普及で、何気なくネットに上げた一般の人々の「怪異」が手がかりになる場合もあり、熾天使会にはそれを洗い出す専門の委員もいる。

「私も予備段階で資料を見ただけだが、どうやらその疑いは拭えない。もしかすると、リストに名のある魔物かもしれなくてね」

「リストに…？」

真凪は小さく息を呑《の》んだ。

「君も知ってのとおり、百年前に教会は大きな失態を演じた」

小さなため息をつき、枢機卿が静かに言葉を続ける。

唇をなめ、はい、とだけ、真凪も答えた。

何のことを言っているのかはわかっている。

百年前――もちろん、真凪はまだ生まれてもいないわけだが、教会はそれまで先達たちが苦心して捕らえた多くの魔物たちの逃亡を許すというミスを犯したのだ。

かつての神父たちは、魔物と戦うにはまず個々の魔物の生態を知る必要がある、という考えのもと、生きたまま捕らえることのできた魔物たちを特別な監獄へ閉じこめていた。むろん、教会の正史にはないが、情報や弱点を知るためのかなり残虐な——魔物に対してとはいえ——拷問や、どうやったら死ぬのか、といった殺し方の実験なども行われていたらしい。一説によると、身体を切り刻むようにして魔物の強靭《きょうじん》さや不老不死の研究も行われていたと聞く。

結局、その魔物たちを御しきれなかったのか、あるいは神父の中に悪魔に魂を売った者がいたのか——経緯は定かではないが、その時、数百もの魔物がいっせいに世に放たれた。

もちろんそのままにしておくわけにはいかず、教会は記録から逃げた魔物のリストを作成し、一匹残らず捕獲に乗り出した。

その時に任命された捕獲人が「狩人《シャスール》」なのである。その後、正式に「熾天使会《セラフィアム》」が組織された。

つまり「熾天使会《セラフィアム》」本来の目的はその失態の尻《しり》ぬぐいであり、脱獄した魔物たちを追うことだった。

それ以外の魔物も、もちろん見つけたら駆逐しているわけだが。

だがリストに名前があるということは、それだけ力のある魔物ということになる。教会への憎悪も強い。

真凪もかつて一度だけ、対峙《たいじ》したことがあった。それでもまだリストの下の方、RPGでいえば小ボス程度の力だったと思うが。

「もしリストにある魔物ならば、姿を現したこの機を逃すわけにはいかない」

「はい」

重々しい枢機卿の言葉に、真凪も腹に力を入れてうなずく。

「わざわざ君にここまで足を運んでもらったのは、今回の任務に就くとすれば、相応のパートナーが必要だろうと判断したからだ」

大司教が静かに続けた。

ということは、今までに組んだことないパートナー――魔物になるということだ。

基本的に狩人は魔物の情報を受けて動くので、その魔物を推定し、それを捕らえるのに――あるいは殲滅させるのに適したパートナーが選ばれる。

対する魔物が強大になれば、パートナーである魔物の力も比例して大きくなる。そしてそれを制御する狩人の力も試されるということだ。

ちらっと確認するように枢機卿の顔を見て、大司教がおもむろに正面の壁に固定されていた大きな十字架の前に立った。

そしてわずかにとまどった真凪を、覚悟を聞くみたいにじっと見つめてから、その十字架の短い一辺に手をかけ、グッと力をこめる。

すると十字架がゆっくりとまわり、ちょうど一回転したところで、カチッ…、とかすかな音が耳に届いた。

そして数秒の沈黙のあと——ふいに歯車が重くまわるような音が足下から響き、かすかな振動を感じたと思うと、古い石造りの聖卓の下がぽっかりと口を開いた。

薄暗い中に階段がぼんやりと見える。その奥は漆黒の闇だ。

どうやら地下室——らしい。

真凪は少しばかりあっけにとられた。

確かに「教会」は、一般の人間からすればかなり特殊組織だろうが、しかしいかにも秘密めいた、こんな隠し部屋のようなものがあるとは思わなかった。

「この時代にずいぶんとアナログだろう？」

枢機卿が軽口のように言って、小さく笑う。

真凪からすれば雲の上の存在だが、意外と気さくな様子だ。

「……驚きました」

真凪は小さく答えるだけで精いっぱいだ。

「しかしこの地下牢《ろう》が作られたのが、もう五百年は昔のことなのでね。これでも少しずつ近代化はしているんだよ」

——地下……牢？

枢機卿の言葉に、真凪は思わず唾《つば》を飲みこんだ。

つまり、罪人が捕らわれている……ということなのか？　今も、こんなところに？

いや、捕らわれているとしたら――。

その予想に、ぶるっと無意識に身震いする。

「桐生神父。今日は顔色がよくないようだな。体調でも悪いのかね？」

ふと気づいたように大司教に問われ、あわてて真凪は首を振る。

「いえ、たいしたことはありません。少し風邪気味なだけですので。申し訳ありません」

風邪どころではなかった。確かに悪寒のようなものは感じたが、むしろ闇の中から漂う禍々《まがまが》しさに、だろう。

どう考えても、これまででもっとも大きな任務になる。

「今回の任務は断ることも可能だよ」

大司教の言葉に、えっ、と思わず真凪は顔を上げていた。

基本的に上からの任務は絶対だった。そもそも首座がそれぞれの能力に応じて、案件を振り分けているのだ。

「まぁ、相性もあるからね…」

わずかに眉をよせ、枢機卿がつぶやくように言う。

――相性…？

何の？　と一瞬悩み、……思い出した。さっきの話に続いてくるわけだ。

パートナー。

ではやはり……この地下の闇の中にいるのは。

「魔物がいるのですか？　この下に」

無意識に息を詰めて、真凪は確認した。

「特別な魔物がね…。今度の任務には彼の力が必要になると思う」

「では…、今回の私のパートナーというわけですね」

自分に確認するみたいに口にした真凪に、大司教がさらりと続けた。

「君に彼を御することができれば、だがね」

「私には無理だと？」

大司教のそんな言葉に、思わず不服な思いがにじんでしまう。

諸先輩方に比べてキャリアは劣るとはいえ、真凪にもこれまで修羅場をくぐってきたという自負はあった。

「君の能力を疑っているわけではない。ただ彼は……扱いが難しい」

わずかに目をすがめるようにして、静かに大司教が答えた。部下の反抗的な物言いにも、特に感情を害した様子も見せない。

「君にどれだけの覚悟があるかということでもある」

「もちろん、私はいつでも自らの務めに殉じる覚悟はできております。熾天使会へお呼びいただいた時から」

きっぱりと真凪は言った。

それに大司教がうなずく。

「それはわかっている。ただ彼の場合、普通のケースとは違う。君には断る選択肢もあるということを覚えておいてほしい」

「……わかりました」

いくぶんとまどいつつも、真凪はうなずいた。

しかしこれまでと何が違うのか、よくわからない。……いや、もちろんカッシーニ枢機卿自らが足を運んだこと自体、今までとは違うはずだったが。

「ついてきなさい。……よろしいですか？」

大司教が懐中電灯を手に、枢機卿にも確認して、先導するように最初に地下への階段へ足を踏み出した。枢機卿が続き、真凪が最後につく。

ゆるゆると螺旋状《らせんじょう》に続く石段をどのくらい下ったのか、それぞれの靴音が耳に反響するくらいになっていた。

かなりの深さだったが、どこかに空気の通る道があるのか、意外と淀んではいない。

狭い階段からいくぶん開けた場所へ出て、真凪はホッと息をついた。ようやく底に行き着いたらしく、先を行っていた大司教が立ち止まる。

丸い懐中電灯の明かりが足下からゆっくりと正面に持ち上がり、真凪は無意識に息を詰めた。

ぼんやりとしたその光に照らし出されたのは、鋼鉄の檻。

そしてその奥に――さらに黒い影がある。

ビクッと真凪は身体を強ばらせた。無意識に息を詰める。

「ひさしぶりだな…、ヒース」

枢機卿がその影に向かって声を投げた。

真凪は瞬《まばた》きもできずに、じっと闇の向こうを見つめた。

大司教の持つ明かりが、ようやくその影を中心に捕らえる。

薄暗い牢の中、その壁に張りつけられるように両手に枷《かせ》をつけられている男の姿――。

人間に、見えた。男だ。魔物によっては、むしろ動物の姿に近い者も多かったが。

ただ髪は無造作に伸び、ヒゲも長く、浮浪者さながらの風体だ。それでも剝《む》き出しの上半身は、長く地下牢に閉じこめられているとは思えないほど筋肉の張りがよく、しっかりとした体つきだった。

「ああ…、誰かと思えば」

ヒース――という名前らしい。低くかすれた声。

石の床に腰をついた状態の男が、うっそりと顔を上げた。

薄汚れた風情だが、眼差しだけは鋭くこちらを眺めてくる。そして弱い明かりにもまぶしげに目を細め、口元に皮肉な笑みを浮かべた。

「覚えているよ、カッシーニ神父。……ほう？　枢機卿になったようだな」

緋色の衣装を認めたのだろう。この暗さだが、目はいいようだ。

「おかげさまでね」

穏やかに枢機卿が返し、さらりと続けた。

緊張感がある一方、どこか親しげな会話だった。昔馴染みと話しているような。

「今日は新しい仕事を持ってきたのだよ」

「それはめずらしい」

男が低く笑う。

「俺に仕事をくれるのか？　十年ぶりだな…」

——十年。

真凪は無意識に息を吞んだ。

つまり十年はこの地下牢から出ていない…、ということなのか？

食料や水が与えられていた様子はなく、それでいて生きながらえているとすれば、さすがに魔物だということだろう。

少なくとも十年——だ。

前の仕事から十年というだけで、おそらくそれ以前からずっと、ここにいる。もしかすると、数百年もの間。

その孤独と闇を思い、ざわっと鳥肌が立つようだった。

「そのチャンスを与えようと思う。もし、ここにいる桐生神父が承諾しさえすれば、だがね」

　ふいに枢機卿の口から自分の名前が出され、真凪はわずかに身体を強ばらせた。

「桐生…？」

　魔物の視線がスッ…と真凪に流れ、何か体中が見透かされるみたいに、頭のてっぺんから足先まで、じっくりと眺められる。

「これは別嬪《べっぴん》さんだ」

「君の好みかね？」

「かなり」

　にやり、と男が唇で笑う。

「だが桐生神父の方が、君が好みかはわからんね」

「幸運を期待しよう」

　妙にとぼけたようなやりとりだったが、真凪には意味がわからなかった。

「……どういうことです？」

　どちらにともなく尋ねた真凪に、振り返った枢機卿が逆に聞いてくる。

「彼が何者かわかるかね？」

　――何者…？

「魔物……ですね？」

とまどいつつ返した真凪に、枢機卿がうなずいた。

「彼は吸血鬼だよ。しかも正統の血を持つ」

――吸血鬼。

真凪は声もなく目を見張った。思わず、男の顔をもう一度見つめてしまう。

噂で聞いたことはあった。数百年も昔、教会に捕らえられ、闇の奥深くに捕らえられている正統吸血鬼がいるという話は。

だが、それこそ都市伝説のようなものだと思っていた。

例の脱走した魔物たちのリストの中にも吸血鬼はいなかったはずだ。

教会の長年の研究では、吸血されて吸血鬼となった亜種は、人の血を好むことはあっても、吸血によって相手を吸血鬼にすることはできない。そして人との交配が進めば、だんだんとその血も弱まっていく。

正統というのは、吸血鬼がその吸血行為によって新たに眷属《けんぞく》とした人間やその子孫ではなく、宗家の血を引く純血種、という意味だ。その分、力も強い。

今ではほとんど生き残っておらず、魔物たちの頂点に立つもの――とされていた。

この男が……正統の吸血鬼？

いや――しかし。

「狩人のパートナーになるということは、神に導かれて改悛した者、あるいは『血の契約』を結んだ者のはず。吸血鬼がそのような契約を？」

　半信半疑で真凪は尋ねた。

　魔物の王たる吸血鬼は、相当にプライドが高いと聞く。人間に膝《ひざ》を屈するような真似《まね》をするとは思えなかったが。

「それに…、もしこの男が教会との契約をしているのならば、地下牢に閉じこめる必要もないのではありませんか？」

「血の契約」を交わしたのならば、その時点で教会には逆らえない。牢に入れる必要はなく、教会の監視の下、多くの魔物が人にまぎれて生活していた。

　狩人のパートナーとなる魔物は、その中から派遣されるのだ。

「ヒースの場合は少し特殊でね」

　枢機卿が世間話のような調子で口を開いた。

「私も申し送りでしか知らないが、二百年ほど前だ。ヒースが内輪もめで罠《わな》にはまり、人知れず朽ち果てようとしていた」

「……あの頃は俺も若かったからな」

　ヒースがどこか不本意そうに口を挟む。

　ということは、この吸血鬼は今はいくつのなのだろう？　と真凪は内心で考えたが、話の腰を折ることはしなかった。

「その時、たまたま通りかかった修道士が水の代わりに自らの血の一滴を与え、ヒースは命を長らえることになった。そして、ヒースはその修道士との契約に縛られることになった。これは教会と、ではない。その修道士個人との契約になる」

真凪はうなずいた。ここまでは問題なくわかる。

教会と魔物との正式な契約には、それなりの儀式が必要になる。だが、個人相手であれば血の一滴で交わせるということだ。

吸血鬼の場合、自らの意思で血を吸えば眷属を増やせるが、「与えられた血」には縛られる──らしい。

「だが二百年の昔、若い修道士はそのことを知らなかった。そしてこの男も、あえてそれは告げなかった。あるいは血を与えられた時、自分の正体を隠していたのかもしれない」

「なるほど…」

真凪は小さくつぶやいた。

小狡いとは思うが、ある意味、当然でもある。

個人との契約であれば、相手が死ねばその時点で契約は切れるのだ。契約自体を知らなければ、それを行使しようもない。

「しかしそれから三十年ほどがたった頃、若い女性を襲っていたヒースを教区の神父が阻止しようとした。本来ならば、普通の神父など相手にならないはずだが…、その神父はかつてヒースに血を与えた修道士だった。そのため、その神父の命令に逆らえず、この男はこうして捕らえられることになった」

「……ずいぶんと間抜けですね」

そんな率直な感想を、真凪は思わず口に出してしまい、ハッと気づいてちょっと咳払《せきばら》いする。

神父らしからぬ荒い発言だった。……少なくとも、首座と使徒座のナンバー2の前で口にするべき言葉ではない。

もっとも神父とはいえ、狩人なのだ。魔物相手でも、時によっては関わる世俗の人間相手でも、ある程度の駆け引きや工作は必要だし、多少世間擦れすることもある。

狩人は策士でなければ務まらないだ。

年の功だけあって二人は見逃して——聞き逃してくれたようで、枢機卿が続けた。

「このように、何百年と鎖につながれたままだが、教会と契約することは拒んでいてね。教会に服従を示しさえすれば、自由に日の当たる場所に出られるのだが」

その言葉に、ヒースが吐息で笑った。

「腐っても吸血鬼なんでね…。教会の奴隷になる気はない。まぁそれに、日の当たる場所は苦手だしな」

それが吸血鬼の矜持《きょうじ》ということらしい。一人前に。

「腐ったらゾンビでしょう」

しかしさらりと返した真凪に、ヒースがいくぶん鋭く目をすがめた。そして声に出して笑い出す。

「ハハハ…、おもしろいな、この美人の神父さんは」

「そうだな。簡単に丸め込めるとは思わないことだ」

大司教が例によって淡々と言う。

どうやら、真凪とヒースの会話、というか、様子をじっと観察しているらしい。

さっき言っていた相性を見ているのか——それこそ、真凪の魔物を扱う能力を量っているのか。

まさか、この男に契約するように説得しろ、ということなのだろうか？

そう思って、真凪はちょっと眉をよせた。

だとすれば、確かに大変そうだ。かなり食えない男のように見える。

「しかし、三十年ほど前だ。ある神父が教会でも知る者の少ないこの男の存在に気づいてね。自分の狩りのパートナーに使えないか、交渉させてくれと言ってきた」

枢機卿が目の前のささやかな応酬など気がつかなかったように、さらりと話を続ける。

狩り——ということは、その神父は「狩人《シャスール》」だったわけだ。

「そしてこの男も、その話に乗った。まず教会とは、神父の任務を手伝っている間、自由にする代りに、任務が終了すればおとなしく地下牢にもどってくる、という限定的な契約を交わした。その上で、その神父との『血の契約』を結んだのだ。そうすれば人間の寿命以上にヒースが縛られることはないし、仮に任務の途中で神父に何かあったとしても、任務の終了と見なされてこの男はここに帰って来なければならない」

教会としても苦渋の選択だったのかもしれないが、確かにそうすればこの吸血鬼の力を利用できるわけだ。ただ地下牢で腐らせておくよりはマシと言える。

——もっとも。

「結局それは、教会にしっぽを振っているということじゃないんですか？」

真凪は薄く微笑むように言い放った。

「……言うねえ、この人。ぐちょぐちょに泣かせたくなる」

ヒースが楽しげに笑いながらも、向けられた目はかなり物騒だ。

しかし真凪は、一歩も引かない気迫でにらみ返す。

ヒースが軽く肩をすくめてみせた。

「さすがに何百年もこんなところにいると退屈してたんだよ。死にはしないが、腹は減ってたし、うまいもんも食いたかったしな」

「女性の血とか、ですか？」

いかにも皮肉な真凪の言葉に、男がわずかに伸びをするように身体を動かした。

ジャラリ…、と重そうな鎖の音が響く。

「人の血っていうのは、俺たちにはタバコみたいなもんだ。意識的に眷属を増やしたければ襲うが、そうでなければ、普通は嗜好品として味わうだけでね。相手はちょっと貧血になる程度ですむ。あるいは栄養剤代わりで、弱っている時には手っ取り早い活力になる。だが、なくては生きていけないもんでもない。昔は俺もやんちゃだったんでね…。うまそうな首筋を見つけたら味見していたが、こんなところに何百年もいたら、そういう血気盛んな年はもう過ぎてたね」

そんなふうにヒースは言ったが、本当かどうかは疑わしい。

「不安はあったが、その神父の働きは見事なものだったよ。おかげで脱走した魔物のリストがかなり埋まった」

「それで、今度はその若い神父さんのお守りをしろということか？」

軽く顎《あご》を振り、首を曲げて前に落ちた髪を払うようにしながら、男がじっと真凪を見つめてくる。

「私に、あなたのお守りをしろということでは？」

顎を上げて、あえて傲然《ごうぜん》と言い返した真凪だったが、ふと気がつく。

「……ではすでに、この男をパートナーにしている狩人がいるということではありませんか？」

怪訝に上司である大司教の顔を見る。

さすがに人の功績を横からかっさらうような真似はしたくない。

「彼は亡くなったのでね。十年前に」

「え…？」

しかし静かに言った大司教の言葉に、ドクッ…と真凪の心臓が大きく脈打つ。

——十年前？　まさか。

「ヒースは桐生神父…、桐生蔵人《くろうど》神父のパートナーだった」

淡々と告げられた瞬間、息が止まった。

「叔父……の？」

震える声が、知らずこぼれ落ちる。

そして次の瞬間――。

「まさか…、叔父を殺したのはこの男ですかっ!?」

思わず真凪は声を上げていた。

その悲鳴のような叫びが大きく反響し、跳ね返るように自分の耳の中でいっぱいに鳴る。

魔物との戦いで命を落としたと聞いていた。使命を全うし、殉じたのだと。だがくわしい状況を教えてもらえたわけではなかった。

「桐生神父」

とっさに鉄格子につかみかかった真凪の身体が、大司教に引き止められる。

「あいつの甥《おい》か…」

そんな真凪をじっと見つめ、牢の中で男がうなずいた。そして、落ち着いた声で続ける。

「殺したのは俺じゃない。ただその時、一緒にはいた」

「見殺しにしたと…っ？」

目の前が真っ赤になる。声が震えた。

「クラトの命を引き替えにしたのは残念に思っているさ…。だが無駄になったわけじゃない」

怒りのまま吐き出した真凪に、ヒースがわずかに目を伏せた。

——クラト……？

ヒースの叔父を呼ぶ言葉に、真凪はハッとした。

同時に、少し冷静さがもどる。息をつき、自分を落ち着かせるように唇を湿した。

肩から力が抜けたのがわかったのだろう。

大司教が引きもどしていた真凪の身体を離した。

「申し訳ありません。感情的になってしまいました」

あやまった真凪に、大司教は小さくうなずいた。

「君の気持ちは察することができるよ。私にとっても、彼を失ったのは大きな痛手だった」

そっと息を吸いこみ、真凪はまっすぐに顔を上げる。

「それで…、叔父の代わりに、私がこの男をパートナーに、ということですね？」

「蔵人神父の任務を受け継いだ君だからね。試してみるのもいいかと思ったのだが、無理にとは言わない。感情的なものもあるだろう」

「いえ、大丈夫です」

静かに答え、真凪はふっと牢の中の男を見る。どうだ？　と尋ねるみたいに。

「俺もかまわないぜ？　さすがに退屈なんでね…。いいかげん、寝て過ごすにも飽きてきたところだ。

ひさしぶりに甘い蜜《みつ》も味わいたいしな…」

にやりと男が笑う。

真凪も気持ちは決まっていた。

「この男と…、私が血の契約を交わすのですね？」

大司教に確認する。

「そうだ。覚悟はあるかね？」

静かな眼差しがじっと見下ろしてきた。

つまり、この吸血鬼が野放しになっている間、自分がすべての責任をとる、ということだ。

とりわけ、人を襲うような真似は絶対にさせられない。そういう命令をきかせるための「契約」でもある。

「はい」

真凪ははっきりと答えた。

大司教がうなずいて、腰につけていた鍵《かぎ》を持ち上げると、鉄格子の扉についている錠に差しこむ。

時代がかった大きな南京錠だ。ガシャン…、といかにも古びた音が響き渡り、ギギッ…と耳障りな音を立てて扉が開く。

一歩、大司教が中へ足を踏み入れ、真凪もそっと深呼吸をしてからあとに続いた。

ほんの数歩だったはずだが、一気に吸血鬼との距離が近づいた気がする。

その生々しさ…、というのか、存在感におされそうになるのを、必死に足を踏ん張ってこらえた。

「契約自体は簡単だ。君の血を一滴、与えればいい」

真凪はうなずいて、いつも懐に入れてある小さなナイフを取り出した。ナイフというより、日本の小柄《こづか》に近い。

「契約内容については、全部説明してあるのか？　大事なところをはしょられちゃたまらない」

冷たい床に腰をつけたままの男が大司教に尋ねる。

「いや、これからだ」

「じゃあ、当事者である俺から言おう」

ヒースが唇で笑っておもしろそうに真凪を見上げた。

「私の任務の手助けをしている間、あなたは外に出て自由になる――という以上に何か？」

冷静に聞き返した真凪に、男があっさりと首を振った。

「それだけじゃ足りない。俺を動かすには餌が必要だ。ここで寝てるだけなら必要ないが、他の魔物とやり合うんなら、それなりのエネルギーがいるってことだ」

「定期的に血液パックでも用意しろと？　お好みの血液型があるんですか？　シスＡＢ型とかボンベイタイプとか、グルメなことを言われても困りますが」

冷ややかな真凪の言葉に、ヒースが喉で笑った。

「ホントに可愛いな、あんた。……いや、俺の餌はもっと新鮮じゃないと」

意味ありげな言葉に、真凪は眉をひそめた。

「……私の血ですか？」

「あんた、吸血鬼になりたいのか？　血じゃない」

鼻を鳴らすように言って、ヒースが首を振る。

「では何を…？」

さすがにとまどった真凪に、さらりと男が言った。

「あんたのカラダ」

「え…？」

さすがに真凪は口ごもった。正直、意味がわからなかった。

「具体的にはあんたの汗とか、体液とか？　特に興奮してる時の、な」

「……ただの変質者ですね」

混乱したまま、真凪は吐き捨てるように言っていた。

「ひどいな…。要するに精気、生体エネルギーだと考えればいい。簡単に方法論で言えば、セックスということだ。俺の欲しい時、ベッドの上ではあんたを俺の自由にさせてもらう。あ、ベッドじゃなくてもな。限定するとめんどくさい」

肩をすくめるようにして端的に言われ、真凪は小さく口を開けたまましばらく言葉が出なかった。

——この男と……寝る？　吸血鬼と？

おぞましさに、ザッ…と全身に鳥肌が立つ。

「若い神父さんにはちょっと刺激的過ぎるか？　もしかしてキレイな身体のまま、神の下僕《しもべ》になったのかな？」

愕然《がくぜん》とした真凪の表情をにやにやと眺めながら、からかうように男が言った。

いや、からかっているわけでなく、本当にそれが条件なのか——？

無意識のまま尋ねるみたいに、真凪は横の上司の顔を見上げる。

「断る選択肢もある」

いつもと同じ感情のない表情のまま、大司教が答えた。

ようやく、初めから大司教の言っていたのがこのことなのだと理解した。

つまり冗談ではなく、それが条件の一つだと。

真凪は一度目をつぶり、長い息を吐き出す。

断る——選択肢はなかった。狩人としては。たとえ、どのような条件だったとしても。

「……いいでしょう。けれど、私の身体はそんなに安くはありません」

まっすぐに男に向き直り、真凪ははっきりと言った。

「私の命令には絶対服従です。いいですか？」

「もちろん。任務の間はあんたの犬になろう。優秀だぞ？　吸血鬼の犬は」

楽しげに男の目が瞬く。

「あなたはすでに教会との契約がある。私との契約はその上位にくるものではありません。もし私に何かあった場合、あるいは任務が終了した時、あなたは速やかにこの場所にもどってこなければならない」

重ねて、真凪は確認した。

「わかってるさ。教会との契約は生きている。まぁ、よっぽどの天変地異がなけりゃ、教会がなくなることはないだろうからな」

うなずいて、真凪はちょっと考えた。

他に確認しておくべきことはないだろうか？

大司教に視線を向け、ついで枢機卿とも視線を合わせて、無言のままに双方から了承をとると、真凪はゆっくりと男の前に立った。

その頭上で、自分の左腕にそっと刃《やいば》をすべらせる。

白い腕に赤く細い筋が走り、みるみる広がって、赤い流れになる。

真凪はわずかに息を詰め、その腕を男の顔の前にかざした。

「あ……」

それを凝視した男の息遣いが乱れ、目も潤み、恍惚《こうこつ》とした表情になる。

さすがに不気味さと恐怖を覚えるが、これも必要な儀式だった。

「あっ…」

すべり落ちた血の滴を、男が危うく唇で受け止める。

「もっと…、近づけてくれ」

かすれた声でせがまれ、真凪は腕だけをさらに伸ばしてやる。

男の息遣いが肌に触れ、次の瞬間、男の舌が手首のあたりから腕を這う。

ねっとりと温かいその感触に、ゾクリ…と身体の奥で何かが震えた。反射的に腕を引きそうになったが、なんとかこらえた。

すべてをなめとって、男が息を吸いこみ、顔を上げる。

薄い傷だったが、それでほとんど塞《ふさ》がっていた。

「ハハハ……、いいな、やっぱり」

目を閉じ、味わうように男が口の中で舌を繰り返し動かす。

そしてふいに右手を持ち上げた。

おもむろに拳を握り、クイッ、と軽くひねる。

一拍遅れて、ブチッ…と鈍い音がしたかと思うと、一気に手枷が弾《はじ》け飛んだ。

えっ？　と驚いた瞬間、床に落ちた破片が飛び跳ね、真凪はとっさに顔をかばう。

男は同様に左手の枷もあっさりと外すと、両手を大きく伸ばして、あぁぁぁぁ――――！　と雄叫びのような声を上げた。

その力には、やはり本能的な恐怖を覚える。

もしかするとこのまま自分たちは殺されて、吸血鬼はさっさと逃げ出してしまうのではないか――、という恐れが頭をよぎった。

「……困りますね。帰ってきた時に新しいものを用意しなければなりません」

しかし横で、大司教がいつもの淡々とした調子で口にして、真凪も少し気持ちが落ち着いてくる気がした。

「次は寝心地のいい棺桶《かんおけ》がいいな。カタログで探しとくからさ。そろそろ待遇改善を要求するぞ、カッシーナ」

手首を回し、のっそりと立ち上がりながら吸血鬼が主張する。

「考えておこう」

本気なのか冗談なのか、そんな言葉に枢機卿が吐息で笑った。

「まあ、君の今回の働き次第としておこうか」

「おっ、そりゃ、やる気が出るな」

にやりとヒースが笑った。

「桐生神父にはゴマをするんだな。報告書で決まるのだから」

「優しくするさ、もちろん」

何気ないそんな言葉をどこか意味ありげに感じてしまうのは、真凪が必要以上に意識しているせいなのか。

すでに血の止まった傷口を片手で押さえ、真凪は腹に力を入れるようにしてじっと男を見上げた。

……そう。躾《しつけ》は初めが肝心だ。

「では今から…、私の犬ということでいいんですね？」

「何なりとご命令を、ご主人様」

おどけた調子で、男が恭しく時代的な様子で頭を下げてみせる。

「だがその前に、名前を教えてもらえるかな？」


「真凪ちゃん…、可愛い名前だな」

にやにやとヒースが言った。

馴れ馴れしく名前で呼んでくる。よく言えば順応が早い。

その男を見上げ、真凪は「借金のカタに悪代官に手籠めにされる生娘みたいだな」と冷静に考えていた。

いや、逆にそんなバカげた想像が浮かぶくらい動揺していたのかもしれない。

性行為に関して、真凪は未経験だったわけではない。叙階を受ける前に、誘われて関係を持った女性はいた。

愛情を感じていたかといわれるとちょっと迷うし、あまり褒《ほ》められたことではないのだろうが、まったく経験がないよりは何でも経験しておいた方が将来的には神父として信徒の相談に乗ることができるのでは、とも思っていた。

まあ、若さゆえの性に対する好奇心の言い訳かもしれない。

が、やってみると、感動するほど素晴らしい体験とは思えなかった。もしそうなら、きっと神父にはなっていない。

こんなものか…、というのが正直な感想で、もしかすると、長く武道を嗜《たしな》んでいたことで妙な冷静さを身につけていたのかもしれない。良くも悪くも、どんな場合でも。

実際に、初めて魔物と向き合った時にも、恐怖はあったが頭のどこかで自分を客観視できる冷静さは残っていた。感情を切り離し、状況を分析し、身体を動かすことができた。

それを思えば、この試練くらいは乗り切れる——、と思うのだが、やはり魔物と戦うのとは別種の緊張はある。

まあこれも、魔物との戦いの一種なのだろうが。

新しい任務を与えられたその日の夕方過ぎ、真凪は手慣れたコンパクトな旅支度を整え、空港近くのホテルへ入っていた。

頭と顔はもちろん、全身を覆《おお》い隠す修道僧のようなフード付きの長いローブを身につけたヒースと一緒に。

ひどく時代錯誤な出《い》で立《た》ちだったが、そもそも教会の聖都がある土地で、街中を歩く神父や修道士の姿もめずらしくはない。

ホテルのフロントにも敬意を持って出迎えられ、特に詮索《せんさく》されることはなかった。

まあ、何もしなければ吸血鬼だとバレる心配はないだろうが、まだ地下牢にいたままの姿だったので、浮浪者の疑いはもたれかねない。

航空機のチケットや「狩り」の間に滞在するホテルなどは、基本的に使徒座の総務部が手配してくれる。

そして、本来戸籍のない人間——吸血鬼のパスポートなども。

一国家扱いの組織が発行するのだから、偽造ではなくまさしく正規のものである。明日には空港のカウンターに届けられるらしいが、写真などは十年前のものがそのまま使えるらしく、そういう意味では吸血鬼はエコで便利だ。

予約された部屋は、少し広めのツインの一室だった。

「風呂《ふろ》に入りなさい。一時間は出てくるのを許しません。ヒゲも剃《そ》って」

と、部屋に入ったとたんに命令を下し、はぁい、とヒースは素直にバスルームにこもった。

地下牢ではひどく挑戦的だったわりに、外へ出ると、意外とおとなしい……わけではなかったが、やはり長く外界を知らなかったせいか、子供みたいにあれこれと興味を示し、アイスを食べたがったり、エスプレッソを飲みたがったりとめんどくさかった。ホテルへ入るまでも、一苦労だったのだ。

真凪の命令には絶対服従なので、ピシャリと言えばしぶしぶでも従うのだが、ああだこうだと屁理屈が多い。そして妙に口がうまく、人好きのする愛嬌《あいきょう》もある。

……まあ、そういう人を惹《ひ》きつける魅力も吸血鬼生来の性質なのだろう。

真凪としては、相手のペースに乗らないように気をつけなければならない。

男が風呂に入っている間に、真凪はホテルのコンシェルジュに頼んで、ヒースのサイズを伝え、シャツとズボンと靴、靴下などシンプルな一揃《ひとそろ》えの買い物を頼んでおく。

暢気《のんき》に鼻歌交りに風呂に入ってるヒースの気配がし、その間、真凪は渡された資料をチェックしていた。

日本で警察の担当者と会えばもっとくわしいものが提出されるはずだが、今手元にある分だけでも脱走した魔物のリストの中からある程度の絞り込みはできる。

しばらくして「まーなーちゃーんっ」と大きく呼ばれる声がしたので、真凪はちょっと眉をよせたものの、机に資料を置いて立ち上がった。

なにしろ、シャバの空気は十年ぶりという吸血鬼だ。使い方のわからない備品でもあるのかもしれない。

そんなふうに思って、たいした警戒もせずにバスルームのドアを開く。

その目の前に――男が全裸で立っていた。

バスタブの中で、それこそ開けっぴろげの仁王立ちで。両手を腰にぴしりとつけて、往年の特撮ヒーローの変身シーンのようだ。

もちろん、故意に、だろう。向けられていたのは、あからさまなドヤ顔だ。

……なるほど。自信もあるのだろう。

真凪はじっと、男の中心でぶら下がっているモノを眺めた。

別に見たいわけではないが、真正面にあるのだ。仕方がない。

十秒ほども沈黙が続き、さすがにヒースが居心地悪そうにうなった。

「いや…、そんなにじっくり眺められても」

もぞもぞと吸血鬼が手を伸ばしてタオルをとり、今さら恥ずかしそうにそっと前を隠す。

清貧を旨とする聖職者だが、このあたりのホテルだと部屋が余っていればお布施代わりにグレードアップしてくれている。そのため、このツインもいくぶん贅沢《ぜいたく》なジュニアスイートで、バスルームもトイレとは別になった広いスペースがとられており、バックの窓からはクラシックな街の夜景がのぞめる絶好のロケーションである。

その窓ガラスには、情けなく男の尻がくっきりと反射していた。……間抜けだ。

ゆっくり視線を上げてようやく男の顔を見た真凪は、特に表情も変えず、さらりと言った。

「何百年も生きてても、そんなもんなんですね」

キャーッ！　と男がムンクの絵のような叫びを上げる。

「ひど…っ。傷つくぞっ、それは！　聖職者の言っていい言葉じゃないっ」

ぎゃんぎゃんと抗議した。

「トラウマになって勃《た》たなくなったらどうしてくれるっ」

「世の中が少し平和になるんじゃないですか？」

とぼけるように返したが、真凪としても驚かなかったわけではない。顔に出ないだけだ。

つまり、その大きさとか、形とか。うわ…、という衝撃はあった。いや、比較できるほど数を見たことがあるわけではないが。

そもそも他人のモノなどまともに見たのは、何年ぶりだろう。学生時分の修学旅行以来だ。

それだけに、何というか、学術的な興味というか、そちらの方が優先した感じもある。

吸血鬼でもやはり人型のせいか、形状が変わるものでもないんだな、と。

「それより、何の用です？　ソレを見せたかっただけですか？」

「違うよ…、髪を切ってもらおうと思ったんだよ…」

いかにもめんどくさそうに聞いた真凪に、湯を張っていたバスタブの中に大きな身体をとぽん、と落とし、しおしおと肩をしぼませるようにしてヒースがうめいた。

「ああ…」

ヒゲは剃ったようですっきりとしていたが、確かにこの伸び放題の髪では、ロックミュージシャンか前衛アーティストだ。とても聖職者には見えない。

いや、本来は見えなくてもいいのだが、真凪と行動する以上、不本意だが神父のふりをすることもある。実際のところ、パスポートもその職業で発行されているはずだ。ずうずうしい。

「ちょっと待ってください」

と、フロントに電話するために、真凪はいったんバスルームを出た。

とたん、にやり、と頰が緩んでしまう。

なんとなく「勝った」という気がして。

思わず小さく拳を握り、ガッツポーズが出る。

年齢も、その分経験も、もともとの能力も違いすぎるあの男を、自分がうまく扱えるのだろうか、という不安は、やはりあった。だが、なんとかなりそうな気がしてくる。

いや、なりそう、ではなく、しなければいけないのだ。

ハサミを借りてバスルームにもどると、ヒースはバスタブの縁に両腕を預け、ぐったりとしたまま心の傷でも癒やしていたらしい。恨みがましい目で真凪を見上げてくる。

「ほら、切ってあげますよ。後ろ向いて」

テキパキと指示すると、わざとらしくぐすん、とすすり上げるように鼻を鳴らし、すわったままゆっくりと背中を向ける。

タイル張りの床へ部屋にあった新聞紙を敷き、その上に膝をつくと、真凪は濡れて少し落ち着いたくすんだ金色の髪を無造作にバスタブの外へ引っ張り出した。

いでででっ、とヒースが声を上げる。

「長さは適当でいいんですか？」

しかしそれには頓着《とんちゃく》せず、事務的に尋ねる。

「うん。……なんつーか、真凪ちゃんって、腹がすわってるよなぁ……」

膝を抱えた背中向きのまま、ヒースがしみじみとつぶやいた。

「あなたに言われたくありませんが？」

ジャキッ、とまずは肩のあたりでハサミを入れ、余分な髪をぶった切る。

「いや、俺はそりゃ、吸血鬼だから。こんだけ生きてると、恐いモノもそうはないし。お日様とか、銀とか聖水とか、まぁ…、苦手なものはちょこちょこあるけどね」

「吸血鬼のくせに軽いと言っているんです。もう少し、歴史と伝統を背負ったらどうですか？」

「ほら、俺の正体がわかっててそんなふうに言い返してくるところが、かなり図太い感じなんだよ。顔に似合わず。――いやっ、いい意味でねっ？」

真凪が無言のまま、手にしたハサミをシャキシャキン、と慣らすと、肩口から背後をうかがったヒースが頬のラインを引きつらせ、あわてて付け足した。

再生能力は高いはずだが、やはり吸血鬼といえども、無用な傷は負いたくないらしい。まあ、痛みは普通にあるのだろう。

むしろ、死ぬこともできないまま、あの暗い地下牢で永遠に孤独な時間を刻むことの方が苦しくはないのだろうか…？

ふっと、そんな想像が頭をめぐる。

だからこそ、こうして外へ出たがるのだろうし。

それでも吸血鬼に同情する必要などなく、真凪はただ淡々と返した。

「それを言えば、私は狩人《シャスール》ですからね」

「そりゃ、そうか…」

ヒースが低く笑う。

会話がなんとなく駆け引きめいてきたな…、と思った。いや、駆け引きというより、掛け合いだろうか。

めずらしいことだった。

そもそも実務以外で真凪と会話の弾む人間は、そうはいない。

クール、というのが、学生時代からずっと、真凪につきまとうイメージだった。カッコイイという意味よりも、むしろそのまま、冷たい、という意味で。学生の頃だと、ノリが悪い、という感じだろうか。

幼い頃からよく巻きこまれる事件のせいで、常に一歩引いて、冷めた目で状況や人を眺める癖がついていたからかもしれない。

ヒースのような絶対的な孤独ではないにしても、いつも一人、取り残されたような孤独は真凪も感じていた。

級友たちの中にいて、ぽっかりと自分のまわりだけ深い穴が開いているような違和感――。

とはいえ、家族は優しかったし、何不自由なく育ててもらったのだから、贅沢な話なのだろう。

しゃべると案外おもしろいのにな、と言ってくれる友人も、少ないながらもいた。

それでもやはり、やはり叔父が人生で一番気の合う人間だった。叔父にはいつでも遠慮なく、言いたいことを言えた。

ヒースとのやりとりは、その時の感覚にちょっと似ているのかもしれない。

遠慮をしなくていい相手だ。

「そういえば……」

ハサミを動かし、襟足のあたりをそろえながら、真凪は思い出して口を開いた。

「魔物たちが脱走した時、あなたは逃げなかったんですか？」

百年ほど前のことだと聞いている。ならば、この男も当時はそこにいたはずだ。二百年も前からいたのなら、主《ぬし》といってもいいくらいだろう。

「いた場所が違うからな。俺は特別房。あいつらはザコキャラだったから、一般房だった。そこにいたヤツらが逃げ出したんだよ」

なるほど、と思う。

「それは不運でしたね。逃げるチャンスを逃したわけですか」

いくぶん皮肉な調子で言った真凪だったが、ヒースは静かに返してきた。

「まぁな…。あいつらが入れられてたのは、いわば実験棟だった。再生するのをいいことに、仲間の身体が切り刻まれたり、焼かれたり……毎日、そんな拷問されるのを見てりゃ、そりゃ、一か八かでも逃げ出したくなる気持ちはわかるね。今だったら、間違いなく動物愛護法あたりに引っかかる感じだ。……おっと。教会批判はヤバいかな」

一瞬、真凪の手が止まった。

――魔物は動物とは違う。

が、真凪はそれに対してコメントはしなかった。代わりに言う。

「前を向いて。前髪も切りましょう」

いかにもうっとうしそうだ。

ヒースがのそのそとバスタブの中で向きを変えて正面を向く。

まともに目が合って、一瞬、ドキリとした。

ヒゲを落とした男の顔を、初めてまともに見た。

やはり魔物の属性なのか、どこか色気のある、深い、吸いこまれそうなダークブルーの瞳《ひとみ》。

――危ない。

実際のところ、吸血鬼に性的魅力がなければ、あれほどホイホイと女性たちが引っかかることもないのだろう。

取り込まれないようにしなくては。

そっと息を吸いこみ、一度瞬きしてから、真凪は言った。

「目を閉じておいてください。うっかりまつげを切られたくないでしょう？」

「そうだな。俺の大事なチャームポイントだ」

澄まして言った男の言葉に、ちょっと笑ってしまう。

少し自分のペースが崩されているのがわかって、危険だな、と戒める。

ヒースはこれまで組んだことのある魔物たちとはまったく違っていた。

今までパートナーだった魔物たちは、基本的に不本意なまま「教会」に使われているわけで、命令には従っていても、いかにもしぶしぶというのが見える。あるいは逆に、媚《こ》びるようにひどく協力的にすり寄ってくる場合でも、それは好意からではない。逃げる隙、なんとか甘い汁を吸う隙、しっぺ返しの隙を狙っていて、常に気を許すことはできなかった。

ヒースはしかし、そのどちらでもない。

自由を楽しみ、飄々《ひょうひょう》と自分のペースで動いている。

そう、行動も発言も、妙に予測がつかなくて。他の魔物であれば、だいたい狙いが読めるし、先回りして潰《つぶ》しておけるのだが。

油断ができない、という意味では、おそらく一番油断できない。

それがわかっていてさえ、つい相手のペースに乗ってしまいそうになる。もし、この明るさや調子のよさが真凪を油断させるつもりであれば、ある程度は成功しているのかもしれない。

だがそれは、不思議と悪い感覚ではなかった。

男の前髪にハサミを入れる。

間近に男の顔があり、まぶたを閉じていても、じっと見つめられているような気がして、思わず息を詰める。首筋がぞわぞわする。

「……はい。いいですよ」

それでも適当に長さをそろえ、真凪は立ち上がった。

「あー、すっきりした」

それこそ犬みたいに頭をぷるぷるさせ、ヒースが軽く前髪をかき上げる。鏡で確認しようと、バスタブからわずかに身体を伸ばした。

いくぶん湯気で曇ってはいたが、腕を組み、軽く首を傾けた真凪の横に、ちゃんとヒースの姿も映っている。

「鏡に映るんですね、吸血鬼」

鏡越しに目が合って、真凪は言った。

「気合いでな。鏡使えないと不便だし。ヒゲも剃れないし」

……気合いなのか？

本当なのか冗談なのか、ちょっと考えてしまう。

こういうところがつかみ所がなく、微妙に警戒させるのだ。

「適当に切っただけですから。日本に着いたら、ちゃんと美容院でそろえてもらってください」

「大丈夫だよ、これで。うまいよ」

にこにこと満足そうに言って、うん、と一つうなずく。

「そうですか？」

不覚にも、少しうれしい。昔は叔父の髪も、よく切っていたのだ。実家に帰ってくるたび、いつもむさ苦しくて。まったく神父らしくもなく。

鏡越しにさっき見た男のモノがちらっと目に入ったが、今度は故意ではないだろうから辛口の感想は述べず、真凪は足下の新聞紙を落ちた髪を包みこむようにして折りたたんだ。

「十年分の垢《あか》をちゃんと落として出てきてください」

それだけ言い置くと、新聞紙を持って外へ出る。

はーい、と返事だけは素直なヒースが出てきたのは、たっぷり二時間ほどもたってからだった。

男のくせによくもそんなに長湯ができるな、と、途中でちらっと様子を見にいくと、どうやら浴室テレビで映画やらバラエティやらを観ていたらしい。泡だらけにしたバスタブに浸《つ》かって、ケラケラと笑っている。

真凪の方は猟奇殺人の資料とにらめっこしていたわけで、暢気だな…、とちょっとムカッとしてしまう。

そしてようやく頭からほかほかと出来たてみたいな湯気を立てて、吸血鬼がバスローブを羽織って出てきた。

やっとか…、と真凪も資料を片付ける。

「あなたの服、コンシェルジュがそろえてくれてますから、サイズを確認しておいてください。下着とかもあるはずですから」

「了解」

短くなった髪を乾かしながらヒースがうなずき、そしてちらっと笑った。

「真凪ちゃんも風呂に入って。今日は初夜だし？」

一瞬、真凪は言葉につまった。

忘れていた。無意識に瞬きをする。

言葉を探している間に近づいて来た男が、ふっと手の甲を真凪の額につけた。

ビクッと、反射的に身体が震えたが、逃げることもできなかった。

いや、逃げる必要もなかったのだが……なぜか身体が動かなくて。

「微熱がある？　体調悪そうだったら、風呂はパスしてもいいよ？」

ちょっと眉をよせて、ヒースが言った。

風呂ではなく、そっちの行為自体をパスしたかったが、それはないらしい。

「……大丈夫ですよ」

ようやく平常心を取りもどし、真凪は男の手を払った。

「あなたも余裕があれば、資料に目を通しておいてください」

そう言うと、入れ替わりにバスルームへ入った。

バスタブが垢だらけだとさすがに嫌だな、と思ったが、きれいに流されている。意外とそういう気遣いはあったらしい。

強いていつもの手順で風呂に入り、気持ちを落ち着ける。それでも、無意識にいつもより念入りに身体を洗ってしまったかもしれない。

そして覚悟を決めて、バスルームを出た。

脱いだ服の上につけていたロザリオをのせ、ソファの上に置いておく。

逃げることはできないし、逃げるつもりもなかった。

魔物に身体を任せる――というのがどういうことか、どうなるのか……想像ができないことが、少し不安だった。

それでも、自分が狩人《シャスール》としてすべきことがわかっていれば大丈夫だ、と言い聞かせる。

あえてバスローブ一枚で、真凪はベッドに腰を下ろした。

「真凪って名前、誰がつけたの？」

何気ない様子で隣にすわった男が尋ねてくる。

水の入ったグラスを手渡されて、真凪はありがたくそれを受け取った。一気に飲んでしまって、かなり喉が渇いていたのだとようやく気づく。

「父か母だと思いますが…、特に聞いたことはありませんでしたね」

小さく首を傾げて男の問いに答えてから、真凪はサイドテーブルにグラスを置いた。

世間話のような問いがさりげない気遣いを感じさせて、ちょっといらだつ。

吸血鬼に気遣われている、というのが、妙に悔しいのだ。

つまり……それだけ自分が不慣れで緊張している——と、この男が感じている、ということだろうから。

真凪はまっすぐに顔を上げ、男をにらむようにして言った。

「するんだったら、さっさとすることをしてください」

「……そんな果たし合いみたいな」

ヒースがうーん、と額を押さえた。

「やっぱりこういうのはムードが必要だろ？」

「給餌《きゅうじ》するのにムードはいらないでしょう」

素っ気なく返した真凪に、吸血鬼がうなった。

「給餌って……そんな身も蓋《ふた》もない」

そしてちろっと不服そうに唇を尖《とが》らせる。

「二人の初めての夜、っていうのに、俺にはロマンチックな理想があるのにな－…」

「満月の夜に蠟燭《ろうそく》が灯《とも》る中、古城で美少女に噛みつくことですか？」

ええっ、と驚いたようにヒースが身を引いた。

「……ちょっとアナログすぎねぇ？　ヴァンパイアもインタビューに答える時代だぞ？　高校にだって通って、スクールライフをエンジョイする時代だぞ？」

そんな言い草に、ちょっと笑ってしまう。少し肩の力が抜けた。

「聞いていいですか？」

するりと、そんな言葉が出た。

「なんなりと」

ヒースが少しおどけたように胸に手を当てて頭を下げる。

「この行為が契約の一つなら、叔父とも……、こういうことを？」

一瞬、饒舌《じょうぜつ》だったヒースが口を噤《つぐ》む。

そしていささか体裁が悪いみたいに、あさっての方に視線を飛ばしながらうなった。

「あー…、まぁね」

「そうですか…」

正直、ちょっと想像できない。……したくない。

というより、叔父は以前、真凪に「俺をクラトって呼ぶ、おもしろい友達がいるんだ」と話してくれたことがあったのだ。本当に楽しそうに。

蔵人という名前は海外でも「クロード」で通じやすく、たいていはそう呼ばれていたようだが、

「語学に堪能《かんのう》なやつで、世界中の言葉をぺらぺらしゃべる。漢字もかなり読めてな、最初に俺の名前を漢字で見た時、そう読んだんだ。読み方は教えてやったが、そいつだけ、今でも意地みたいに俺のことをそう呼んでるんだよ」

と、言っていたのを覚えていた。

あれは…、ヒースのことではなかったのだろうか？

地下牢でヒースが叔父の名を呼んだ時、それに気づいた。あの叔父なら、吸血鬼を「友達」と呼んでもおかしくない気はする。

それにヒースは、真凪と二人になったあとは自然と日本語で話してきた。相当に流暢《りゅうちょう》だ。長く生きていれば、いろんな国の言葉を覚える時間はあったのだろう。

しかし、だとすると、叔父はその友達に抱かれていたわけで……、身体の相手のことを「友達」と呼ぶだろうか？

セックスフレンド、という言葉があるのは知っていたが、しかしそんなふうでもなく、本当に気の置けない友人の話をしているように聞こえたのだが。

まあ、あの叔父ならあり得るのか……？

そう納得するしかない。

結局のところ、これは任務のために必要な作業でしかないのだ。たまたま自分が当たっただけの。

ヒースにしてみても、条件的に真凪になっただけで、希望の「餌」が選べるのであれば、もっと若くて細い首筋の美人がよかったかもしれない。

おたがいに妥協の産物なのだ。

この男が満足するかどうかを、自分が気にする必要はなかった。餌が口に合わなかったとしても、我慢してもらうしかない。

「大丈夫。真凪ちゃんの方が断然、好みだから」

と、脳天気なヒースの声が耳に届く。

「別に大丈夫じゃなくていいです」

むっつりと真凪は返した。

くすくすと笑った男の吐息がふいに頬に触れ、距離が近いのを思い出させる。

そっと髪に男の指が絡められ、こめかみに、頬に、首筋に唇が押し当てられた。

ざわっと、肌が震える。恐怖なのか、緊張なのかもわからない。

「何も考えなくていいから。頭の中、空っぽにしてて」

耳元にやわらかな声が落とされ、真凪はすがるみたいにその言葉に従った。

何も考えず、ただ身体を預ける。

背中に両腕がまわされ、大きな腕の中にすっぽりと身体が収まった。いくぶん強ばった身体が優しく抱きしめられ、そのままそっと、倒されていく。

シーツに背中を預け、真凪はそっと息をついた。

無意識に閉じていた目を開くと、目の前に男の顔がある。

「恐い？」

小さく微笑んで尋ねてくる。からかっているようでもなく、ただ優しく。

手のひらがそっと頬を撫《な》で、髪を撫でる。温かく、心地よい感触だった。

不思議と、恐くはない。

「……叔父が亡くなった時のこと、いつか話してもらえますか？」

真凪は静かに尋ねた。

それに男がゆっくりと瞬きする。

「そうだな…、いつか」

やわらかく答えて、男がそっと、真凪の額にキスを落とした。

叔父の死を、悼んでくれているような気がした。この男自身、魔物の代表のようなものなのに。

同じ思いを共有しているようにも思えた。

この男にとっても、叔父は「友達」だったのだろうか。

ふと、叔父にもよく、額にキスされていたことを思い出す。

神父だった叔父からすれば、自然な祝福のキスだったのだろう。

……吸血鬼にされるとは、思ってもいなかったが。

吸血鬼のキスは、甘美な死の誘いだ。

それがわかっていても自ら受け入れる人間がいるのが、少しだけわかる気がした。

目を閉じた真凪のこめかみに、まぶたにキスが落とされる。

そっとローブの前がはだけられ、知らずぶるっと身震いしてしまう。

手のひらがさらりと肩から胸、脇腹《わきばら》のあたりを撫でながら、舌先がなめるように鼻先をたどり、唇をかすめる。

「あ……」

身体のあちこちから小火《ぼや》が起きたようで、どちらに意識を向けたらいいのかわからず、真凪はただぎゅっとシーツを握りしめた。

「大丈夫」

優しくなだめるように言われ、力の入ったその手がそっと引き剝がされて、真凪は無意識に支えを求めるように腕を伸ばして男の肩をつかむ。

男の唇が顎から喉元へとすべり、首筋がなめられて、瞬間、ゾクッと肌が震えた。

嚙まれる――。

一瞬、覚悟して身体が強ばったが、舌が這わされ、軽く吸い上げられただけだった。

そして耳の下から顎のあたりへ何度もキスが繰り返され、やがてうかがうように唇が軽く舌先でなめ上げられる。

濡れたやわらかい感触が隙間をたどり、そっとこじ開けるようにして侵入した。

「ん……」

あらがいきれず、薄く開いた唇に男の舌が入りこむ。

決して性急にはせず、優しく真凪の舌を絡めとり、吸い上げる。

「ふ…、ん…っ、……あ……っ」

何度か息継ぎを許され、真凪は必死に呼吸を求め、そしてまた男に唇が塞がれた。

男の指が真凪の髪をつかみ、わずかに頭を持ち上げるようにして、さらに口づけが深くなる。熱く舌が絡み合い、唾液《だえき》が絡み合って、恥ずかしく唇からこぼれ落ちる。

真凪は男の首にしがみつき、無意識のままそれに応《こた》えていた。

こんな激しいキスは知らなかった。

真凪は自分が淡泊な方だと思っていたし、セックスなどは仮にも聖職者なった今ではもっとも縁遠い行為でもある。……はずだった。

こんなふうに……何もわからなくなるようなものだとは思わなかった。

「いい子だ…」

優しく耳元でなだめられ、おまえにそんなふうに言われる筋合いはない、となけなしの理性で思うものの、溺《おぼ》れるようにその言葉に心を委《ゆだ》ねてしまう。

キスを繰り返しながら男の指が真凪の胸をたどり、指先が予感に怯える小さな乳首をきつく弾いた。

「あっ…」

うわずった、危うい声がこぼれ落ちる。

その反応に味を占めたように、さらに男の指がもてあそぶように尖った芽をいじり、押し潰し、指先で摘《つま》まみ上げる。

「――は…っ、あっ、あ…っ…」

肌の奥に沁《し》みこむ痺《しび》れが痛みなのか何なのかもわからず、真凪はただ必死に飛び出すあえぎ声を抑えようとする。

さんざんもてあそばれたそこからようやく指が離れる気配があって、ホッと息をついたのもつかの間、ぬるりとやわらかな感触になめ上げられて、さらに高い声を放ってしまう。

硬く芯《しん》を立てた乳首が男の舌先でなめ上げられ、執拗《しつよう》に唾液をこすりつけられた。器用に舌をまわすようにして遊ばれ、仕上げのように軽く甘噛みされて、その刺激に真凪はたまらず胸を大きく反らせる。

「あぁ…っ、あぁ…っ…、ダメ……っ」

悲鳴のような声が溢《あふ》れ出す。

同時にもう片方の乳首もきつく指でなぶられて、身体の奥からジンジンと湧《わ》き上がる疼《うず》きに、真凪は早くも理性が溶けかけていた。

身体が抑えきれない。

どんな時でも……冷静に自分を見つめていられたはずなのに。

「まだ始まったばっかり」

いったん身体を起こした男が、真凪の前髪を掻き上げるようにしてくすっと微笑むと、額にキスを落とす。

「あ……」

思わず見開いた目に、ヒースの少し困ったような顔が涙に歪《ゆが》んで映った。

「そんな顔をしてもダメ」

無慈悲に言いながら、指先でそっと涙を拭ってくれる。

「俺にも都合があるしね？」

そうだ。この男にとっては餌なのだ。

それは理解していたが。

身をかがめた男の唇が腹に触れ、スッ…とたどるように下りていく。

先行する手のひらが脇腹から足の付け根をたどり、内腿《うちもも》へ入りこんで、反射的にビクッ…と腰が揺れる。やわらかく感じやすい部分だ。

「あ……」

そしていつの間にか形を変え始めていた自分の中心に、何か硬いモノがこすり合わされ、思わず息を呑んだ。

それが何なのか、想像はできる。さっきバスルームで見たモノが生々しくまぶたによみがえる。

男が吐息で笑い、わずかに強ばった真凪の足を優しく撫でると、軽く膝を持ち上げ、大きく足を押し広げた。

何をされているのか、何をされるのか、まともに想像もできなかった。

しかし次の瞬間、自分の中心が温かく濡れた中に包みこまれ、頭の中が真っ白になる。

男の舌がねっとりと真凪のモノに絡みつき、口いっぱいにくわえて、きつく弱く、何度も口の中でこすり上げる。

「あぁぁぁぁ……っ！　そんな……っ」

今の自分の状態を想像しただけで、頭の中が真っ赤になった。

たまらず男の髪につかみかかるように指を絡めたが、引き剝がす力はなく、むしろ押しつけるように腰が揺れてしまう。

いったん離れた男の舌が根元から先端まで、ゆっくりと味わうように真凪のモノをしゃぶり、先端の小さな穴を執拗に舌先で刺激した。

とろとろと溢れ出した蜜がその都度、きつくなめとられ、その刺激にさらに腰が震えてしまう。

そして男の唾液と自分のこぼした蜜で濡れた先端が男の手の中で揉《も》みこまれ、こすられながら、今度は根元の双球が男の舌の餌食になる。

「あぁっ、あぁっ、あぁぁ……っ」

もう自分が何をされているのかも、ほとんど理解できていなかった。ただ男の手に操られるように身体がよじれる。

わずかに腰が持ち上げられ、さらに奥が舌でたどられた。

ひどく敏感な隘路《あいろ》が何度もやわらかくこすり上げられ、あまりの刺激に腰が跳ね上がる。反射的に逃げかけるが、男の腕に力ずくで引きもどされ、好きなまま貪られる。

自分の見せる身体の反応が快感でしかないことは、さすがに認めざるを得ない。

今の自分がどんな顔をしているのか、どれだけいやらしく乱れているのか――そしてそれを男に見られていることが恥ずかしく、涙が溢れ出す。

たまらず、両腕で顔を覆い隠した。

「恥ずかしいか…。カワイイのに」

いったん顔を上げた男が、そんな真凪の様子に吐息で笑う。

そして真凪の両腕をそっと引き剝がすと、強引に身体を引っ張り上げてうつぶせに寝かせた。

一瞬あせったが、シーツに顔をつけ、男の視線を感じずにすむことに、ちょっとホッとする。

といって、状況が変わるわけではなかったが。

男の手が背中から引っかかるだけになっていたバスローブを脱がせ、直に触れた空気にぶるっと身を震わせる。

うなじの髪が軽く搔き上げられ、チュッ…と軽い音を立ててキスが落とされる。

「すごいキレイな身体でおいしそー」

耳元でちょっとからかうように言われて、真凪は肩越しに男をにらんだ。多分、迫力も何もなかっただろうけれど。

「恐がらないで？　優しくするから」

「……きっと、変質者の誘拐犯もそう言いますよ…」

腹いせのように吐き出すと、ちょっと目を瞬かせてヒースが笑った。

「そうそう、その調子」

何がだっ、と思ったが、それでも少し気持ちは楽になる。

男の唇が背筋に沿ってやわらかくすべる。それとともに優しく脇腹がたどられ、無意識のままに身体がしなる。

「あぁ…っ、……ふ…っ…」

前にまわってきた指が弾くように乳首をいじり、たまらず真凪は両肘《ひじ》をついてわずかに胸を持ち上げた。だがそれでさらに、男の指は自在に動き始める。きつく摘まれ、軽くひねられて。さらにえぐるように押し潰される。

「真凪のココ、ツンツンしてて可愛いなー」

背中に身体を密着させるようにして、嫌がらせのように耳元でささやかれ、真凪は頬を熱くしながらも唇を噛む。

気を抜くと、いやらしい声が飛び出しそうだった。

ジンジンと痺れる乳首をそのままに放置して男の指が離れ、腹をすべり落ちていく。そしてグッ……と強引に腰が引かれ、膝が立てさせられた。

「あ……」

気がつくと男の眼前にあからさまに腰を突き出す格好で、真凪は目の前が真っ赤になるような羞恥《しゅうち》に襲われる。

とっさに引こうとしたが許されず、さらにがっちりと押さえこまれた。

「お尻もかわいー」

「黙れ……っ。――あぁぁ……っ！」

てっぺんにキスを落として楽しげに言った男に、真凪はたまらず嚙みついた。が、前にまわってきた男の手にいやらしく先端を濡らして反り返っているモノがやわらかく握られ、高い声が飛び出してしまう。

ゆるゆるとそれをしごいて真凪の声を封じてから、男は両手で真凪の腰を押し開いた。

「な……」

他人の目に触れるはずのない場所が無防備にさらされ、それだけでなく――。

「よせ…っ、やめろ……っ」

覚えのある濡れた感触に硬く窄《すぼ》まった襞《ひだ》が愛撫《あいぶ》されて、真凪は信じられない思いで、一瞬、呆然《ぼうぜん》としてしまう。

しかしかまわず男の舌は巧みに動き、唾液を送りこむようにして、きつく閉じた入り口を溶きほぐしていく。

真凪は必死に逃げようとしたが、もとより吸血鬼の力に敵うはずもなかった。

「……ぁ…ん…っ、ふ……ぁ…、あぁ……っ」

男は執拗に愛撫を続け、角度を変えて何度も舌を差し入れ、丹念になめ上げる。ぐちゅぐちゅ…といやらしく濡れた音が絶え間なく耳につく。

真凪は小刻みに腰を振りながら、そこから毒が広がるみたいに、全身が得体の知れない甘い疼きに冒されていくのを感じているしかない。

男の舌先が触れるたび、きつく引き結んでいた襞が次第に解《ほど》けていくのがわかる。男の唾液で自分の後ろがしっとりと濡れて、足まで滴っていく。

「もう……っ、や…め……っ」

両方の指でシーツを引きつかんだまま、羞恥でたまらず、真凪は声を絞り出した。

体中がどろどろに溶け出しそうな気がする。

しかし顔を上げて、ふぅ…、と小さく息をついた男は残酷に言った。

「まだダメだよ。処女だろ？　ちゃんとやわらかくしとかないと」

確認するように指先で襞が掻きまわされ、もっと奥の方まで舌が差し入れられて味わわれる。

そして舌が離れるのと入れ替わりに、もっと硬い――指が一本、ゆっくりと中へ入ってきた。

待ちわびていたように、真凪の腰はそれをきつくくわえこむ。

抵抗の激しい腰から男が指を何度も抜き差しし、さらに二本に増やして熱い中を押し広げていく。

掻きまわし、こすり上げて、じっくりと慣らされた。

まぎれもない快感が下肢から湧き上がり、真凪は一心にその指を味わい尽くそうとする。

「あ…あぁ……っ」

しかしいきなりその指が引き抜かれ、喪失感にすすり泣きのような嗚咽《おえつ》がこぼれてしまった。

硬く貞操を守っていた襞はすでに男の舌に、指に媚び、触れられただけで絡みつくように淫《みだ》らに動き始め、すでに真凪の意思では止められない。

もの欲しげにヒクつく部分をさらに念入りに舌で濡らしながら、男の片方の手が確認するみたいに前にまわってきた。

後ろをなめられているだけで、すでに真凪の前はぐしょぐしょに蜜を溢れさせている。

男の指がその先端を丸くなぶり、時折きつくこすられて、それだけで今にも身体の奥から爆発しそうになる。

「すごいね…、とろとろ。神学校だと、こうやって自分で慰めることも禁止されてた？」

意地悪く聞かれ、肩越しに涙目で男をにらんだ。

そうだ。自分でこすってしまってもよかったのだ。……しかしそれも恥ずかしくてできない。

もう溶けきって形もなくなってしまったように感じる後ろの襞が、もう片方の指で強く押し広げられた。

身体の中まで視線にさらされる気配に、真凪はぎゅっと目を閉じる。

「あぁぁぁぁ……っ！」

そしてそこに深く舌が差しこまれ、内壁をこするようになめ上げられて、こらえきれず真凪は軽く放ってしまった。男の手の中に飛び散らせる。

「イッちゃったか…」

耳に届いたそんなつぶやきに、カッ…、と全身が熱くなった。

いったん身体を離した男が、自分の手に伝う真凪の精をぺろりとなめとる。

肩越しに呆然とそれを垣間《かいま》見た真凪に、男が小さく笑いかけた。

「ゴメンね、焦《じ》らしすぎた」

そう言うと、真凪の腰に硬いモノが押し当てられた。

「あ……」

ゴクリ、と無意識に唾を飲む。

熱く硬いその塊が狭間にこすりつけられ、そして準備を整えた真凪の後ろに先走りに濡れた先端があてがわれる。

襞がそれをいやらしくくわえこむようにうごめき、さらに押し分けながらずしりと重い男のモノが入ってきた。

ゆっくりと身体を開かれる痛みはあったが、男の手がなだめるように背中を撫でてくれる。

「大丈夫、俺がいるから」

優しくそんな言葉が落ちてくる。

おまえがいるから問題なんだろうが…っ、と真凪は内心でわめいたが、おかしなことに、妙な安心感があった。

この男にされていることなのに、一緒に何かを乗り越えようとしているような。

根元まで入れられ、ぴったりと埋められる。

身体の中で、脈打つ男の存在を感じる。熱い鼓動が波になって全身に広がり、自分の鼓動と重なっていく。

「あ……」

何かが、渦を巻いて身体の中に流れこんでくるようだった。いや、奪われているのだろうか。

男が腰を揺すり始めた。

隙間なくつまったモノで身体の中がきつくこすり上げられ、奥の方からじわじわと甘い痺れがにじんでくる。

何も考えられないまま、真凪は夢中で男を締めつけ、生み出される熱に酔った。

「すごいな…」

ため息のような声が背中に落ち、次の瞬間、ヒースが真凪の腰をきつくつかんだまま、立て続けに突き入れる。

「ふ…ぁ…、は…ぁ…んっ…、あ…あぁ…っ、あぁぁ……っ！」

脳の中が熱く沸騰し、身体の中で大きなヘビがのたうっているような、恐ろしく、危うく、甘い快感に襲われる。

身体の内から食い殺されそうな恐怖と――対になった悦楽。

魔物を目の前に、自分が生と死の狭間に立っているのと似た感覚だった。

「気持ちいい？　すごく感じてるな…」

男が熱っぽくかすれた声で言った。

違う――と反射的に叫びかけたが、体中に溢れ返る快感が泡になって弾け、どこもかしこも感じているようだった。

男の手で天をつくように反り返した真凪の前がこすられ、止めどなく滴る蜜が男の手を汚す。

全身がいやらしくくねり、自分からねだるみたいに腰を振り立ててしまうのを抑えられない。

「ふ……、あ…っ…、も…う……っ！」

頭の芯が焼けつくようで、これ以上、こらえきれなかった。

「俺もだ……」

いつになく切羽詰まった声が耳に届いた瞬間、深く、一番奥まで突き入れられる。

「あぁぁぁ……っ」

高く腰を掲げた獣のような格好のまま、たっぷりと男の精が注ぎこまれた。

身体の奥が熱く濡らされていくのがわかる。

そして真凪自身、男の手に大量にほとばしらせていた。

「あ……、あぁ……」

だが、まだ収まらない。快感の波が腹の奥でうねっているようだった。

どうして……？

いったん引き抜かれて、しかし物足りなさでヒクヒクと腰が痙攣《けいれん》しているのがわかる。

身体がおかしかった。いや、自分がおかしいのか。

ふいに得体の知れない不安が襲ってきて、一気に体温が下がったような気がする。

「真凪……」

大丈夫、というみたいに、ヒースが背中から汗ばんだ身体をすっぽりと抱きしめた。

そして真凪の腰を抱きかかえ、仰向《あおむ》けに寝かせる。

正面を向かされ、隠しようもなく涙でぐしゃぐしゃになった顔が優しく手のひらで撫でられた。

「任務の一つだから。真凪がどんなに感じても、それは罪じゃない」

静かに言われ、真凪はそっと息をついた。

任務――。

そう思い出すと、冷静さがもどってくる。

それでも身体の方は、まだ絶頂の余韻に震えていた。

力の入らない膝が抵抗もなく開かれ、腰が持ち上げられ、もう一度挿入される。

「あぁぁ……っ」

びくん、と身体が反応し、無意識に全身を突っ張らせる。中に出されたものがさらに掻き混ぜられ、卑猥《ひわい》な音を立てた。

「あ……」

恥ずかしくてどうしようもないのに、ゾクゾクと身体の奥から湧き上がる甘い熱に身体が自然といやらしくよじれる。

「何も考えなくていいから」

そんな声とともに男の腕が真凪の身体をわずかに持ち上げ、しっかりと抱きかかえる。

真凪もすがるように男の首に腕をまわし、肩に顔を埋《うず》めるようにして隠した。

「んっ…、あっ…、あぁ……っ!」

そのまま下から突き上げられ、背中に爪《つめ》を立てるようにしてしがみつく。

そのまま男の腕の中で、真凪は再び達していた。

瞬間、意識が途切れる。

どのくらい気を失っていたのか、あるいは眠っていたのか、目が覚めた時も真凪は男の腕の中にいた。

腕枕されるみたいな体勢で、ゆったりと抱きこまれて。

しかしいつの間にかホテルのパジャマを着せられていたし、身体もさっぱりとしてきれいにされているようだ。

ベッドに横になったまま、片腕は真凪に貸し、もう片方の手で事件の資料をめくっていた。意外とまじめだ。

もっとも片方の耳にはイヤホンをつけて、テレビで映画を流していたが。器用だ。

真凪の起きた気配に気づき、ん？　と顔を向けてくる。

「……大丈夫？　寒くない？」

いえ…、と小さく答え、とっさに視線を逸《そ》らせる。

不可抗力——ではあるのだろうが、ひどい醜態《しゅうたい》を見せたような気がして恥ずかしかった。

この男に慰められて、言われるままになっていたことも悔しい。

「寝てていいよ。明日はフライトだし。……ちょっと飛ばしすぎたな。ひさしぶりだったもんで、つい。悪かった」

素直にあやまられて、ちょっととまどってしまう。

まあ、きっちりあやまってもらうくらいのことはされた気もするが。

「朝まで…、こうしているつもりですか？」

ツインなのだから、もう片方のベッドは空いている。十分な広さはあるとはいえ、わざわざ一緒に寝ることはない。むしろ使っておかなければ、ホテルのスタッフに疑われるくらいだろう。

しかし考えてみれば、吸血鬼は夜型だった。これからが活動時間なのだろうか。

「ああ…、落ち着かないか」

ヒースが少し考えるように軽く首を傾け、そして指で引っ張ってイヤホンを外す。資料ファイルを閉じてサイドテーブルに載せると、ベッドの上でわずかに身じろぎした。

顎を突き出すように大きく伸ばし、グッと引き絞るように両腕を胸に押し当てる。

――と、次の瞬間、大きな男の身体がしぼむように小さくなった。

ぱさっ…、と着ていたバスローブがシーツに落ち、その中から――猫が顔を出す。

ふわふわとした長い毛並みの大きな猫だ。ピン、と両耳ともきれいな三角に立っている。

声もなく、しばらく真凪はその猫を見つめてしまった。

そういえば、吸血鬼は自由に姿を変えられるのだと思い出す。

コウモリが基本で、力の強さにもよるようだが、正統の吸血鬼であればおそらく、たいていのものには変身できるのだろう。

本当に魔物なんだな…、と、初めて納得した気がした。

いや、魔物だとはわかっていたが、そもそもが人型なのであまり意識することがなかった。それにもとは普通の人間だった吸血鬼もいるわけで、吸血鬼をはじめ、人狼、人虎などはやはり魔物の中でも人にまぎれやすい。

その猫はぶるるっ、と小さく身震いして頭に引っかかったバスローブを払うと、ふと気がついたみたいにベッドから飛び降り、足下のオットマンに投げ出していたテレビのリモコンを肉球でぺしっ、とたたいた。狙いは違《たが》わなかったようで、テレビの電源が落ちる。

そして再びベッドに飛び上がり、真凪に近づいてきた。腕や肩に顔をこすりつけるようにしてから、胸の前で寄り添うように丸くなって寝そべる。ふさふさとしたしっぽが長く伸びてひょこひょこと動き、鼻をくすぐった。

真凪は思わず手を伸ばし、そのやわらかな毛並みを撫でてやる。

心地よい手触りに、知らずふわりと笑みがこぼれた。

人型のヒースに懐《なつ》かれても不気味なだけだが、猫なら可愛く思えるのが不思議だ。……いや、不思議ではなく当然なのだが、同じものだと思うと微妙な気分になる。

「……卑怯《ひきょう》だな、これは……」

指先で優しく喉元を撫でながら、真凪は小さくつぶやいた。ちょっと悔しくなる。

これだと追い出せないし、邪険にもできない。

猫がすっとぼけたようにあさっての方を向いて、みゃ？　と鳴く。

飼ったことはなかったが猫は好きで、小さい頃、時々顔を見せる野良猫にこっそりと餌をやったこともあった。

おやすみ、と言うみたいに、みゃおん、と鳴いて、大きな毛玉が、真凪の腕の中で丸くなる。

やわらかな温《ぬく》もりを腕に抱いて、真凪はすとん…、と落ちるように眠りについた――。


目が覚めた時、ベッドには一人だった。

時計を見ると、すでに十時を過ぎている。熟睡していたようだ。

少し頭がぼぅっとしていて、しばらくは状況が把握できなかった。

それでもホテルのベッドにいることはわかり……ようやく思い出す。

新しい任務が入り、地下牢に行き、吸血鬼と会ったこと。そして――。

ゆうべのことが夢だったような気がした。実際に、記憶は切れ切れにしかなくて。

が、今もまざまざと身体に残る感覚は、まぎれもなくその現実を教えている。キスの感触や、つかまれた腕の力。うしろにはまだ男が入っているような違和感さえある。

それだけ体力を使ったせいで、こんなに遅くまで寝てしまったのだろう。

真凪は小さくため息をついた。

いくぶん気恥ずかしさはあったが、やはりビジネスライクに行くしかない、と思う。

実際のところ、ビジネス上の関係でしかないのだ。弱みを見せるわけにはいかない。

日本へのフライトは午後の便だったので、それまで滞在できるようにホテルにはレイトチェックアウトを頼んでいる。

よく眠れて、すっきりと気分はよかった。

汗をかいたおかげか熱も下がり、体調ももどっていた。思わぬ副作用だ。

カーテンを透かして入りこむ日射しの中に吸血鬼の姿はなく、もしかしてバスルームあたりで寝てるのだろうか？　とちょっと首をひねったが。

「……ああ、起きたのか。おはよ。ちょうどよかった。朝食が来たとこ」

ヒースがひょこっと隣のリビングスペースから顔を出して言った。ちゃっかりとルームサービスをとったらしい。

すでに猫でなかったのがちょっと残念な気がした。

そして、太陽の下でも意外と元気だ。

男の様子がそれまでとまったく変わらないことに、ちょっとホッとする。

「食べられる？」

ベッドに近づきながら何気なく聞かれ、真凪はうなずいた。

「ええ、いただきます」

気がつくと、結構お腹《なか》は空《す》いていた。やはりゆうべの運動のせいなのか。

何気に腹立たしい。

「……腰、大丈夫？」

わずかに身をかがめ、うかがうようにヒースが尋ねる。

本気で心配しているんだか、どうなんだか。からかい半分なのかもしれない。

さらにムカッとした。

「ええ、問題はありません」

あえてつっけんどんに返す。

そんな真凪の様子に、男がにやにやと笑った。

「満足してくれた？」

じろり、と真凪はその男をにらみつける。

「私の感想は関係ないでしょう？　私は単にエネルギーを供給するだけですし」

「や、俺としてはね、せっかく年月をかけて培った理想のカラダとテクニックなんだし。メロメロになってくれてもいいいんだよー？」

「――ほざけ」

にこにことと言った調子のいいそんな言葉を、冷ややかな眼差しとともに一言で切り捨てる。

はぁ…、とヒースがため息をついた。

「真凪ちゃんてさぁ…、枢機卿の前とかだと猫かぶってるよねー…」

「それを礼儀と言うんですよ」

あっさりと言い返した。

「あなただって猫をかぶって可愛いふりをしてるじゃないですか」

ヒースの場合は文字通り、だが。

「俺はどっちも可愛いよー」

にっこりとアピールする男に、とにかく、と真凪は冷ややかな目を向ける。

「契約は、守ります。ただし、それは私が同意した時だけです。それ以外で手を出すことは許しません」

「ハイ」

吸血鬼が厳かに片手を上げて答える。いかにも胡散臭《うさんくさ》い。

「……でも、あんまり飢えさせないでほしいな。でないと、うっかり道行く美人を襲っちゃうかもしれないからね？」

意味ありげな眼差し。体のいい脅しだ。

「ゆうべ、さんざんやったでしょう？」

「さんざんやったけど、一回で補給できる量なんてしれてるだろ？　育ち盛りの吸血鬼をなめるなよーっ」

なぜか偉そうにふんぞり返って主張する。

というか、育ち盛り？

思わず眉をよせる。

「いったいいつまで思春期なんですか…」

真凪は小さくうなった。

「ともかく、まだ少し時間はありますが、空港でパスポートも受け取らないといけませんし。さっさと朝食を食べてしまいましょう」

「あー…、パスポート。もらわねぇなとな。あっ、日焼け止め、買っときたい。売ってるよな、空港だったら」

窓の方をしょぼつく目で見つめ、思い出したようにヒースが要求する。

日焼け止め……。いるのか。

季節は冬だが、空港なら真夏の国へ旅する人間もいるだろうから売っていそうだ。

「あと、サングラスと帽子も。サングラスはやっぱりレイバンかなー」

ウキウキとずうずうしい男を、真凪は白い目で眺めた。

「基本、猫でいたらどうですか？　それなら日焼け止めもいりませんし、飛行機は貨物扱いで乗れますしね。経費削減にもなります」

「神父さん、ひどい…」

さらりと言った真凪に、男が愕然とした表情をしてみせる。

「食事もキャットフードですみますし」

「日本の絶品グルメが楽しみなのにっ。寿司《すし》とすき焼き、食いたいっ！　や、キャットフードもオイシイのあるけどっ」

食べたことあるのか。

「……人間の朝食をいただきましょう」

あきれつつ、それ以上は取り合わず、真凪はベッドを下りた。

「あ…、シャワーを浴びてからにします。先に食べててください」

立ち上がった瞬間、予想以上にずしりと腰が重かった。

それをごまかすように、さりげなく真凪は言った。

それでもこんなやりとりができることに、内心でホッとする。

シャワーだけにするつもりだったが、やはりお湯を張ってゆっくりと浸かった。身体がやわらかくほぐれていくのがわかる。

日本人だな…、とちょっと笑ってしまう。

その日本での任務だ。

あの吸血鬼を……自分がうまく扱えるのだろうか？

まともに取り組むつもりがあるのか、さすがに不安にある。ただ自由を楽しみたいだけのような気もする。

魔物とすれば、それも当然だろう。

それをうまく操縦するのが自分の仕事でもあるのだ。

やるしかなかった。

すでに現実に、被害者は出ているのだ——。

◇　◇

空港の出発ロビーで腰を下ろし、ヒースはちらっとあたりを見まわした。

真凪が少し離れたところで老夫婦につかまっている。

ヒースは普通のシャツとジーンズというラフな格好だったが、真凪は正式な黒の神父の服《スータン》を身につけている。そのため、行き会った信者からよく声をかけられていた。

そうでなくとも、若く美形の神父だ。見かけただけでも目の保養になる。ハレルヤ。

今も老夫婦は、連れていた三歳くらいの孫娘に祝福を望んでいた。

もちろん、神父としては邪険に扱うことなく、真凪も胸のロザリオを手に丁寧《ていねい》に対応している。

その十字架《クルス》は銀色の光を放っているが、材質はプラチナだった。狩人の持つ十字架は基本的にプラチナか、もしくはチタンだ。

吸血鬼をはじめ、魔物たちは基本的に銀を嫌うものが多く、その意味では武器になるのだが、同時に狩人は魔物とともに行動することになるので、その魔物の立場からするとうっかり触るたびに火傷《やけど》を負わされてはたまらない。

そして栄唱のための珠《たま》が連なるロザリオの鎖の部分は、特殊チタン合金、らしい。

狩人たちの武器の一つだ。それを使えば、たいていの魔物の首——人間の首でも——スパッと簡単に切断できる。何なら縦に切ることも可能だ。

いいのか、神父がそんな血なまぐさくてっ？

と、疑問を投げかけたくなるが、魔物相手には容赦がないということだ。

……あまり調子に乗らないでおこう。

と、ヒースとしても自分を戒めた。

この国だと寄ってくるのは敬虔《けいけん》な信者だが、日本に行けばむしろ、カメコが大挙して寄ってきそうだな、と思う。本物の神父というより、ほぼ九割はコスプレだと認識するだろう。真凪の容姿ならば、なおさらだ。

移動中はスーツの方がめんどくさくなくてよさそうだがな…、という気がする。

スータンも色っぽくていいのだが、真凪のスーツ姿もちょっと見たいし。

老夫婦のおしゃべりは止まらず、真凪がもうしばらくは時間をとられそうだと確認して、ヒースはポケットへ手をすべらせた。

薄いスマホを取り出す。

最新らしい、液晶のきれいな携帯端末は、さっきパスポートと一緒に支給されたものだ。あらかじめ、必要なアプリなどもインストールされている。

時折、真凪の様子を確認しながら、ヒースは外から見えないように膝の上で、片手で操作した。

『予定通り。第一段階、問題なし』

手早く短い文章を打ちこむ。

と、搭乗予定のフライトが頭上でアナウンスされた。

真凪がどこかホッとした様子で老夫婦に断りを入れると、こちらに向き直って手を上げる。

「ヒース、行きますよ！」

「はーい」

それに朗らかに返事をする。

何気なく立ち上がりながら、メールを素早く送信した。

明日には日本だ——。

※

※

「……え？　神父……さん？」

連続猟奇殺人――。

ニュースでも連日ひっきりなしに日本中を騒がせているその事件は、いくつかの所轄にまたがって起きており、どうやら最初の事件が起きた管区の警察署に合同捜査本部が立っているようだった。

ただ、真凪たちへの派遣依頼は公安の方から出されており、話が通っているのは警視庁の一部上層部ということで、とりあえずそちらへと出向くことにした。

教会から捜査協力に専門家が派遣される、という話は担当者にも伝わってはいたはずだ。が、どうやら「神父」が来るとは思っていなかったらしい。そもそも、なんで教会？　という疑問もあるのかもしれない。

とりあえず正式な訪問ということもあり、警視庁へ来る前に教区の司教のところへ挨拶によったこともあって、二人ともきっちりとした神父の正装だったのだ。

ヒースにも無精ヒゲは剃らせ、髪もオールバックにきっちりと撫でつけて、それなりにまともな格好をさせている。

……というより、真凪よりずっと体格もよく押し出しもいいヒースは、ある意味、真凪よりもしっかりとした貫禄があって、少しばかりムカッとする。

そして化けることのうまいヒースは、神父を演じるのもうまい。

そんな、見るからに神父の二人連れ――片方は正真正銘の神父なのだが――が警視庁へ現れると、さすがにものめずらしかったらしい。というより、ミスマッチということだろうか。

いわゆる刑事部屋《デカ》が一気にざわついた。

いかにも興味津々の眼差しが注がれ、席を立ったままぽかんとしている男もいる。

何というか、日本ではラノベやアニメの影響か、こうした神父の正装というのが逆に胡散臭いというか、いかがわしいというか、そんな目で見られがちなのが、その末端に籍を置く人間としては非常に心外である。まったく嘆かわしい。

「あ、ああ…！　そうか、教会の…。ええと、例のアレですね」

ようやく我に返ったように手を打って、中年の刑事が二人をざわつく大部屋から会議室らしき一室へと案内した。

少しお待ちくださいねぇ、と微妙な愛想笑いで言い置いて、せかせかといったん出て行く。

入れ替わりのように若い女性警察官がお茶を運んでくれ、「アリガトー」とわざとらしい片言でヒースが手を振っている。

彼女の方は愛想笑いという以上に熱心な笑顔で「日本茶、大丈夫ですか？」とヒースに尋ねていて、やはり普通の女性にも魅力的に映るらしい。

まともな格好をしていればそれなりにいい男なのだ。生意気にも。ダークブロンドにダークブルーの瞳。長身で体格もいい外国人である。目を惹くし、モテないはずもない。

それだけでなく、この男にはどこか男の色気があった。やはり吸血鬼特有の艶《あで》やかさというのか、妖《あや》しさというのか。

……まあ、黙って微笑んでいれば、ということだが。

もっとも「神父」相手では、結婚の対象にも、遊びの対象にもならないはずだ。

「日本であなたが誰かを毒牙《どくが》にかけるつもりでしたら、その場で塵にしますからね」

女性警官が出ていってから、きっちりとクギを刺した真凪に、ヒースがちょっとうれしそうに身を寄せてきた。

「……うん？　妬《や》いてるの？　真凪ちゃん」

「まさか」

素っ気なく返した真凪に、ヒースがずうずうしく胸の十字架を手に厳かに言った。

「大丈夫だよ。契約は遵守します」

この男の方は事実上のコスプレであるが、銀の苦手な吸血鬼なので、手に触れる十字架はプラチナのコーティングである。

「そもそも吸血鬼が人間に嚙みついたからって吸血鬼にはなんねーから。むしろ、逆だって。ここ百年くらい？　ネジの外れた権力者に吸血鬼が追いかけられて、不老不死とか、老化防止のために血を抜かれたりな…。薄めて飲むと美容にもいいってよ。……ああ、その手の人間は昔からいたか。あの、エリザベス・バートリーとか」

渋い顔でヒースがうなった。

自らの美貌を保つために数百人の娘の血を搾《しぼ》り取った、有名な血の伯爵夫人。

確かに、時として人間の方がおぞましい。

「吸血鬼の血は人魚の肉くらい貴重なんだぞー。……真凪ちゃんには特別にちょっと飲ませてあげよっか？」

「全力で遠慮します」

こそっと内緒話のように耳元で誘われ、真凪は無表情なまま言い切った。

「全力……」

ヒースがショックを受けている間に扉が開いて、どやどやと数人の男たちが入ってきた。

さっきの中年の刑事と、あと二人。三十前だろう、まだ若い連中だ。両手に資料らしきファイルを抱えている。

「どうも、お待たせしました」

中年の刑事が頭を下げ、とりあえずおたがいに自己紹介をした。

「お手数をかけまして、申し訳ありません。桐生と申します。こちらはヒース。教会本部《エクレシア》より派遣されてまいりました」

簡単に挨拶すると、「原田《はらだ》です」と男が返し、そして部下らしい二人を紹介した。

「ええと…、こいつが戸塚《とつか》」

指された男がぺこりと頭を下げる。眼鏡《めがね》をかけた、いくぶん神経質そうな男だ。ひょろりと背が高い。

「そして、そっちが青島《あおしま》といいます」

もう一人も軽く会釈した。本庁の刑事ならそこそこの年齢のはずだが、まだ二十歳なかばくらいに見える童顔の男だ。子供みたいな好奇心を隠すこともなく、興味津々にこちらをうかがってくる。

「おおっ、青島刑事!?」

と、いきなりきらっとヒースの目が輝いた。

「というと、レインボーブリッジを封鎖したあの伝説のっ!?」

バッと席を立って、おおっ、と青島刑事の手を握りしめる勢いだ。

「封鎖してません。というか、そんな伝説ありません」

「えー…」

バッサリと否定され、いかにも不満そうにヒースがうなる。

「何ですか、この人…?」

少しばかり胡散臭そうにヒースを眺め、真凪に視線を向けてくる。

「まじめに取り合わなくていいです」

冷ややかに答えてから、真凪はヒースの襟首をつかんで引きもどした。おとなしくしてなさいっ、と小声で叱《しか》りつけると、あらためて話を進める。

「すみません。事件の概要と経過を確認させていただいてよろしいですか?」

「あぁ…、はぁ…。ええと、何でも情報提供と……捜査協力をいただけるとか？」

半信半疑な様子で、原田があらためて席を勧めながら自分も腰を下ろした。

いきなりやってきた場違いな神父にこれだけ丁寧なのは、やはり話が回ってきたのが公安からだからだろう。あるいは、相当に事件が行き詰まっているせいかもしれない。

「……ええと、まず最初の事件が四カ月ほど前になります」

青島がファイルの一つを真凪たちに前に差し出すようにしながら口を開いた。

「写真、ご覧になりますか…？　かなりえぐいですけど」

「ええ、大丈夫です」

じゃあ、といくぶん不安そうに青島が真凪たちの前に広げて見せた。

「商業施設の駐車場で発見されました。植え込みの中に放《ほう》りこまれていた形です。被害者は二十代女性。失血死。まず首の頸動脈《けいどうみゃく》をスパッと切られ、それから……ええと、左足から下腹部が切断されていました」

「なるほど」

事前にまわってきた資料は大まかな状況説明で、写真は添付されていなかったので、現場の状況を視覚的には初めて見る。

確かに、目を覆いたくなるような悲惨な光景だった。片足がもぎ取られたようなアンバランスな状態がさらにグロテスクだ。

それを真凪はじっと確認し、横のヒースにもまわした。ヒースがそれを指先で手元に引きよせ、わずかに眉をよせて眺める。

「切断された足は発見されていません。内臓も一部、えぐり取られています」

「切断されたというより、引きちぎられたようにも見えますが？」

冷静に聞き返した真凪に、青島がまわりの刑事たちと顔を見合わせた。

「……ええ、はい。そうなんですよ。でも、そんなの、とても人間業とは思えませんし……あ」

自分で口にして、ようやく、というか、なんとなく、というのか、「神父」がやってきた理由をうっすらと感じたようだ。それでも、まさか、という思いはあるのだろう。

一瞬、部屋に重い沈黙が落ちた。

「何か凶器があったとして、発見されてないのですね？」

「そもそも特定ができてねぇしな…」

イスの背もたれに深く身体を預け、苦々しく原田がうなった。

「凶器もなし、目撃者もなし、遺留品も発見されていません。血まみれで不鮮明なんですが、犬の足跡が残っていたので、もしかすると内臓は……その、野犬が食べた可能性もあるんじゃないかとみられていますが」

横から戸塚が補足した。

「で、それからひと月後ですね、二件目の遺体は河川敷で発見されました。犬を散歩させていた、三十代の女性。やはり同じ手口で……、左足がありませんでした。凶器も発見されず、犬も一緒に殺されていました。頭をこう…、たたき潰される感じで」

青島が次の資料を差し出しながら、重い口調で説明を続ける。

「三件目は三週間後、住宅街の公園で…、二十代後半の女性。手口も死因も同じです。比較的発見が早くて、見つけたのが近所の子供だったもので、ものすごいパニックでしたよ」

「このあたりで、さすがにマスコミが騒ぎ始めてな…」

原田が渋い顔で頭を搔く。

「それまで報道されていなかったのですか？　日本ではめずらしい猟奇殺人ですが」

「死体が一部、損壊されていた、くらいの発表にとどめておいたんですよ。それまで死体が発見されたのも早朝だったので、あまり人目にさらされていませんでしたし」

戸塚が何気ない様子で眼鏡を直しながら言った。

「ただ、この三件目で警察の到着前に近所の住民が集まってましてね。ネットで一気に拡散したわけです。それからはもう」

天を仰ぎ、お手上げ、というように両手を軽く挙げる。

「四軒目は遊園地ですよ？　幸い……なのかな、スタッフが見つけたんで、すぐにそのエリアを封鎖して客には何も言わずに帰す措置をしたようです。閉園時間が近かったので、パニックにならずにすんだ。もっとも犯人もそのまま逃がしてしまった可能性はありますが、少なくとも血まみれだった人間はいなかった」

　その説明に、真凪は一つうなずく。

「犯人に隠す意図はないようですね」

「つまり無差別ってことです。被害者から自分につながるものがないとわかっている。三件目までは比較的若い女性が被害者だったんで、マスコミも若い女性を狙った猟奇殺人だと騒ぎ立てましたが、この四軒目は三十代の男性だった。まさしく無差別ですよね…」

　言いながら、青島が顔をしかめる。

「五件目は教会の庭。被害者は四十代男性。襲われたのは教会の前の道だったようですが。……あ、もしかして、そちらの神父さんから依頼がいったんですか？」

　そこから戸塚が説明して、思いついたように聞いてくる。

「いいえ、宗派が違いますから。……牧師さんですね、こちらは」

　資料を見て、真凪はさらりと否定した。

　ああ、そうか…、と軽く頭に手をやって戸塚がつぶやく。そして続けた。

「そして、この間の六件目。今度は動物園でした。ライオンの敷地に放りこまれていたので、発見された時はもうひどい状態で。閉園したあと、ライオンたちが集まってるんで何かおかしいって飼育員が気づいて調べたみたいですけど…。これはあちこち食いちぎられてたんで、最初事故か事件かもわからなかったんですが、どうも左足がないということになって」

「まったく、大胆ですよ…。なのに、どうやって犯行に及んでいるのかわからない」

青島が頭を抱えた。

「殺害方法が不可解なんです。遊園地とか動物園とか、まわりに人がいないわけじゃない。なのに、誰も悲鳴を聞いていない。まあ、声を出す余裕もなく首を切られたってことでしょうが、それにしてもそんなナイフを持って前後に立たれたら、多少は声を上げげそうなものですけどね…」

「人目につかない物陰は確かにたくさんありますが、そんなに短時間ですませられるような殺し方じゃない。現場を誰かに見られるリスクは大きいはずだ。それなのに、誰も不審者ですら見ていないなんて、ちょっと信じられないですよ！」

事件を始めから見直して怒りがぶり返してきたのか、いくぶん興奮したように戸塚が引き継いだ。

「この四カ月で六件だ。警察がたたかれるのもしゃあねぇがな…」

部下たちに説明させていた原田が、渋い顔でうなる。

「ペースが速くなってきてますね。猟奇殺人にはありがちですが。ただ犯行自体がエスカレートしているわけではない。損傷は毎回同じ、左足」

目の前のテーブルに広げられたたくさんの資料を一つずつ確認しながら、冷静に真凪は口にする。

「左足を持ち去るのに、何か意味があるんでしょうか…？　その、フェチとか？　何かの儀式に使うとか？　左足だけお供えに使うみたいな悪魔教ってあるんですか？」

どこかおそるおそる、青島が尋ねてくる。

「持ち去っているとは限りませんが」

それに静かに真凪は言った。

「……どういう意味です？」

やはり浮かんだか考えはあるのか、ゴクリと唾を飲みこみ、青島が不気味そうに聞き返した。

「食ってる」

ニッ、と牙を剝くように笑って答えたのはヒースだ。

「まさか……」

戸塚が張りついたような笑みを引きつらせた。ハハハ…、と乾いた声がうつろにもれる。

「これまでの事件が起きた場所を地図でもらえますか？」

と、ちょっと考えて、真凪は頼んだ。

「あ…、はい」

戸塚が大きめのタブレットを取り出し、画面上に都内の地図を映し出す。すでに作っていたらしく、番号が振られ、チェックが入っている。

「大きな円を描いてますね」

小さくうなずいて真凪は言った。

「ええ…、ですから、犯人の家、もしくは会社がこの中心あたりではないかという意見が支持されていて、今も重点的に当たっているんですが」

「その…、神父さんが来るっていうのは、悪魔関係ですよね？　これって、やっぱり六芒星《ろくぼうせい》を描いてるんですか？」

青島がまじめな顔で興味深げに聞いてくる。

「六芒星とか、五芒星とか……あるでしょう？　ああいう形を描きたいんじゃないか、って説もありましたけど。カルト的な理由で」

「そうですね。そうも見える。だとすると、六件の殺人ですでに完成されてますが」

慎重に真凪は言った。

ビクッ、と空気が凍った。中年の刑事だけは微妙に要領を得ないように首をひねっていたが。

「その…、魔方陣が完成した……ってことですか？　何か召喚されるんですか…？」

青島が強ばった表情で重ねて聞く。

「魔物が悪魔を召喚するという例は聞いたことがありませんが…、前例のないことはよく起こりますからなんとも。ただ順番通りに描くと、六芒星というよりきちんとした円に見えますね」

これが何か意味しているのか――？

真凪はちょっと考えこむ。

「死亡推定時刻が集中してる」

と、資料を眺めていたヒースがふいに口を開いた。

「そうだな。いつも夕方だ。……逢魔《おうま》が時」

わずかに目をすがめて、真凪もうなずいた。

ヒースも意外とまじめに検討しているようだ。

「天候は？」

ヒースが顔を上げて尋ねた。

「天候？」

青島がきょとんと首を傾げる。

「事件の日、天気はどうだったんだ？」

「ええと…」

若い刑事二人で顔を見合わせた。

「二件目は雨が降ってたんじゃないかな…？　かなり血が流されてた」

「いや、雨上がりだったんだよ、確か。事件があった時刻にはやんでたんだけど、あたりがぬかるんでて大変だった。被害者が暴れたのか、足跡なんかもぐちゃぐちゃで」

青島の言葉に、戸塚が微妙に訂正を入れる。そして思い出すように続けた。

「動物園も地面がぬかるんでた記憶があるな」

「そういや、全般に雨っぽかったかな…。これだけの大仕事なのに、こんなに遺留品が見つからないのもそのせいじゃないかって。……え、なんか、関係があるのか？」

青島が誰に言うともなく声を上げる。

「それについては、確認をとってください」

「あ、はい」

ピシリと指示した真凪の言葉に、青島が急いでメモをとる。

まったくの部外者である人間の指示を聞く必要はないのだが、なかば真凪たちのペースに巻きこまれている。

「逢魔が時。雨のあと。いつも片足のみ……」

頭の中でデータを検索しながら、真凪は無意識につぶやいた。

「犬の足跡。大型犬だ。資料を見ると一件目と五件目に確認されてる。二件目もあったんだろうな」

「ああ…、そうですね」

ヒースの指摘に、真凪もうなずいた。

そしておそらく、事件が起きたのは雨上がり、もしくは雨の日の翌日だ。

二人の神父が検討する様子を、刑事たちが固唾《かたず》を呑むように見つめている。

ヒースとの自分との間では、もう答えは出ていた。

「……それで、その、やはりこの犯人は……」

こほん、と原田が咳払いしてから、あたりをはばかるようにいくぶん声を潜めて聞いてきた。

「人間じゃない、ってことになるんですかね？　神父さん方の見解では」

「お聞きした限りだと、その疑いは強いですね」

顔を上げ、真凪は静かに答えた。

「やっぱり、ババイだろうな」

わずかに前屈《まえかが》みだったヒースが身体を起こし、伸びをするようにイスに大きくもたれかかりながら結論づけた。

神父とは思えない怠惰な様子だがとりあえず今は放っておき、真凪は意味不明だと言いたげな表情の刑事たちを等分に見比べた。

「ババイという死者を喰《く》らう魔物がいます。地獄では、死者を喰らう悪魔の補佐をするものと言われています。ケルベロス、ご存じですか？　頭が三つある地獄の番犬です。それと同一視されることもありますね。あるいは、獅子《しし》の頭、雄山羊《やぎ》の胴、ヘビの尾を持つキマイラとも。ババイの姿はいろいろなのですが、死体を食う種族であることは確かです。そして雨上がりの夕暮れ時に、一番活発になる」

事前にもらっていた予備的な資料でも、その名前は挙がっていた。リストに載っている名前だ。

「ババイはそれぞれに食べる部位の好みがはっきりしていて、今回の場合だと、左足から下腹部…、ということでしょうね。物陰に潜み、獲物を見つけて飛びかかって、一瞬で首の動脈を断ち切る。おそらく前足の爪でしょう。それから左足を喰らう。彼らは食事にそれほど時間はかけません。目撃者がいなかったとしても無理はない」

「食事……」

青い顔で戸塚がつぶやいた。無意識のように眼鏡をいったん外し、額を拭う。

「ババイだとすると、憑依型の魔物になります。通常の状態だと見かけは人間です。憑依されただけの人間が罪に問われるとすると気の毒ですが…、人間の姿に見えても中身は人間ではない。すでに身体も精神も乗っ取られている可能性もある。うかつに捕まえようとすると、その人間がその場で被害者になる可能性があります。私としては、見つけられないことを祈ります」

はぁぁ…、と中年の刑事がう大きな息を吐いた。

もちろん、いきなりやってきてこんな話を信じろ、とは言えない。

しかしとりあえず伝えておいて、真凪たちも必要なデータをもらえればいい。

原田はしばらく渋い顔で頭を掻いていたかと思うと、よしっ、と膝を打った。

「わかりました。貴重なご意見です。それじゃ、こいつらを専任という形で神父さんたちにつけますので、聞き込みでも資料集めでも、何でもやらせてやってください」

そしておそろしく朗らかな笑顔で真凪たちにそう言うと、後輩たちにくるっと向き直る。その時にはすでにベテラン刑事の鬼面だ。

「おまえら、これからこちらの神父さんたちに協力して状況を整理しろ。そんで、何かわかったら報告しろ」

「ちょっ…！　待ってくださいよ、原田さんっ」

「コレ…、何をどう報告しろっていうんですか？」

若手二人があせったように声を上げた。

「いやだから。こういうのは若いもんの柔軟な頭が必要な案件だろ？　ロートルにはついてけねぇんだって」

さすがは年の功で、ずうずうしく言い切る。

「……そういう問題ですか？」

いかにも恨めしそうな目つきで、青島が先輩刑事を見上げた。

「なんかあったら手伝うって」

「なんかあったら、何をどう捜査本部に報告するんです？」

戸塚がいくぶん冷静に聞き返す。

「そりゃ、だからさぁ…」

原田が首筋を掻きながら、いくぶん視線をあさっての方に飛ばした。

「はじめっからそっち方向の事件だってわかってたら、例の……公安のS課に丸投げしてたんだがな…。これだけ大きく猟奇殺人って報道されちゃ、こっちでホシを上げるしかねぇだろ？　メンツもあるしなぁ…。とにかく、犯人がわかって、なんとか事件に片がつきゃ、あとは上層部でどうにかしてくれっから」

どこか他人事《ひとごと》に言うと、ま、よろしくなっ、と軽く言い置いて、せかせかと部屋を出た。

「押しつけられましたね」

教会はまるで違う、世俗の先輩後輩関係をちょっと興味深く眺めつつ真凪が感想を述べると、戸塚が肩をすくめてため息をついた。

「仕方ないですよ…。確かにおっさん連中だと思考停止しそうな展開になるかもですしね」

「外から首をつっこまれてご面倒だとは思いますが、よろしくお願いいたします。こちらも…、いわゆるミッションですので」

実際のところ、狩人の仕事で警察と関わることはほとんどない。

大きな被害が出る前にそれらしい魔物の動きを押さえ、先回りして狩りに向かうこともあるし、警察が捜査していたとしても、そちらと関わることなく個別に狩りをすませることもある。

その場合、教会の上層部からその国の上層部へ非公式に経緯が伝達され、何らかの形で事件の終了がアナウンスされるわけだ。

ここまで世間の注目を集める大きな事件に発展することは少なかった。

それだけに厄介とも言える。魔物の方に「隠す」という理性が失われているわけだから。

「あ、でも大丈夫です。ＦＢＩの超能力捜査官も、行動分析課《BAU》も楽しく見てますから」

青島が少年っぽい、いくぶんきまじめな顔でさらりと言った。

「あっ、俺も！　俺も、アレ好きっ。ＦＢＩ……——ぐえっ」

イスから立ち上がる勢いで食いついたヒースを、真凪は無言のまま襟首をつかんで引きもどす。

どうやら神父の服《スータン》のカラーが喉元に食いこんだようだ。

「……それにしてもあなた、よくいろんな番組を知ってますね？　ずっと地下牢にいたわりには。まさか教会の地下牢にネットが入っているわけでもないでしょうに」

「まさか」

ちょっと眉をよせて小声で聞いた真凪に、ヒースは軽く肩をすくめた。

「ゆうべも飛行機の中でも、いっぱい見まくったし。前に外へ出てた時も見てたしな。テレビ、大好きっ」

「……そうですか」

ウキウキと言った吸血鬼を、真凪は冷ややかな目で眺めた。

もしかして外へ出たいのは、自由への渇望というよりテレビが見たいからなのか？　という気がしてしまう。

餌としてぶら下げられた自分としては、ちょっと微妙な気分だ。

「それで、どうされますか？　あなた方にしても、まともに信じられる話ではないと思いますが」

ともあれ、若いメンツだけになった刑事たちに真凪は向き直った。

「そりゃまぁ…」

「ただ、公安のS課が首をつっこんできたあたりで、まともな事件じゃない気はしてましたから」

「初めから怪しい事件でもありましたしね…。足はちぎったとしか思えない。でも、人間の力でできることじゃない、って考えると」

なあ？　と二人でうなずき合う。

「しかし、こんな話は捜査本部の方には上げられないでしょう？」

「そうなんですけど、とにかく事件を食い止めるには、その魔物……ババイ？　ってのを捕まえるしかないんですよね？」

「はい。けれど、警察には…、というか、普通の人間には難しいと思います。見つけたとしても、へタに手を出すと死にますよ」

青島の言葉に、真凪はきっぱりと言った。

「マジですか…」

「だよな…」

二人が呆然とつぶやく。

「でも、捜査は続けないわけにはは。これ以上犠牲者も出せませんし。……ていうか、捕まえる方法ってあるんですか？　そいつの隠れ家がわかるとか？」

青島が真剣に尋ねてくる。

「難しいですね…。隠れるのがうまい魔物ですから」

真凪も眉をよせて考えこんだ。

だからこそここで補足し、確実に狩る必要があった。取り逃がすとまたしばらく闇に隠れ、またどこかで大きな被害を出しかねない。

「それにしても…、やり方が派手《はで》だよな…」

ヒースがパイプ椅子の上で腕を組み、行儀悪くイスをがったんがったんさせながらうなった。解せない顔つきだ。

「派手？」

戸塚が首をひねる。

「魔物も狩られる立場なのはわかっていますから、普通はこれほど目立つような襲い方はしないものなんですよ」

真凪が説明した。真凪自身、ちょっと引っかかるところではある。

まあ、魔物にも魔物の事情があるのだろうが。

「あの、さっき六芒星だったら完成してるって言ってましたが、じゃあ、今度犠牲者が出るとすると、まったく別の場所になるんですか？　もしくは、完成したってことは、もうこれ以上起きないと？……それか、これ以上のことが起きる可能性があるんですか？」

うかがうように戸塚が聞いてくる。

「はっきりとはわかりませんが……、そうですね」

真凪はもう一度、タブレットの地図を見た。

六芒星というのが、ちょっとしっくりこない。順番も違うし。

やはり六芒星というより、きれいな円で――。

「描きたいのはむしろ、ウロボロス、かもしれませんね」

思いついて、真凪はわずかに目をすがめた。

自分の尾を飲みこむヘビ――。

「死と再生。その永遠の循環。死者を喰らい、自らが生き返る。……もしかすると、完全体になるためにこのルートで獲物を襲っているのかもしれない」

自分で口にして、真凪はゾクリとした。

無意識にふっとヒースに視線をやると、渋い顔でうなずいた。

「あり得るな…」

「完全体って……何かの怪獣みたいに？」

さすがに信じがたく、混乱したみたいに戸塚が尋ねた。

「魔物も寿命が長くなるとだんだんと進化する」

他人事のように言った吸血鬼を、真凪はちらっと眺めた。

ヒース自身、相当長い寿命のはずだ。何か進化したのだろうか？

少なくとも、太陽やら鏡やらへの耐性はついたようだが。

「完全体かどうかは別にして、新しい形になろうとしている可能性はあります。だとすると」

真凪は地図上の一点を指さした。

「最初の場所にもどる」

「えっ？」

静かに放った真凪の言葉に、二人が大きく目を見開いた。

「次の被害者が出るとすれば、一件目と同じ場所の可能性があります」

「同じ場所…？」

青島が顔色を変えた。

「じゃ…、すぐに周辺の封鎖を……」

「いや、確証もないし、パニックになるぞ。本部が許可するとも思えん」

戸塚が難しい顔でうなる。

「ええ。それにできれば…、そこで罠を張りたいですね」

真凪はつぶやくように言った。

捕らえるためには、それがベストだ。いや、唯一のチャンスかもしれない。

「罠？」

「獲物にする基準があるはずです。被害者は無差別だったとしても、無作為とは思えない……。好みのはっきりしている魔物ですから」

――それは、何だ……？

じっと真凪は考えこんだ。

六件目の事件がついこの間とはいえ、ペースは速まっている。いろいろと検証している時間はない。

「匂《にお》いじゃないか？」

ふいにぽつりと、ヒースがつぶやいた。

「匂い…」

ハッと真凪も思い出す。そうだ。嗅覚《きゅうかく》の優れた魔物だ。屍臭《ししゅう》もすぐにかぎつける。

「被害者全員に共通する匂いはありませんか？」

向き直って、真凪は尋ねた。

「匂い……ですか？」

刑事たちがおたがいに顔を見合わせる。

「香水のようにいい匂いとは限りません」

「直前で全員が魚屋に寄ったとか、昼飯にてんぷら蕎麦《そば》を食ったとか」

ヒースが例を出す。

「普通の人間には感じられない、ほんのかすかな匂いでいいんです。整髪料とか消臭剤とか、ガムとか。バニラのアイスを食べていたとか」

「それを言ったら、無数に可能性はありそうですが…」

頼りなさそうに青島が頭を掻いた。

「ええ。けれどそれがわかれば、こちらから罠を張っておびき寄せることができる」

真凪の言葉に戸塚がうなずいた。

「わかりました。被害者と親しかった人間、最後の日に会った人間を中心に、もう一度聞き取りをしてみましょう」

「お手数ですが、よろしくお願いいたします」

そのあたりの機動力は、やはり真凪たちではどうしようもない。

「いえ…、なんかちょっとやることができてよかったです。もう糸口も何もない感じでしたから」

青島が少しばかり気合いを入れるように言った。

「見当違いでないといいのですが」

真凪のそんな言葉に、困ったように首を振る。

「むしろ、見当違いだといいと思いますよ。そんな……魔物？　とか、普通警察は相手にできませんから」

それはそうだ。

「外から見てわからないものなんですか？　その魔物っていうのは。神父さんたちでも？」

戸塚がメモ帳を閉じてポケットにしまいながら、何気なく尋ねてくる。

「自ら姿を変える魔物なら、わかる場合もあります。魔物の力の大きさにもよりますが。しかし、憑依するタイプの魔物だと、難しい場合が多いですね。人の皮を被《かぶ》っているわけですから」

そうなんですね…、とため息をつく。

「何かわかりましたらご連絡します。……ええと、連絡先…、携帯とかお持ちですか？」

青島に聞かれ、とりあえず四人の間でアドレスの交換をした。

「神父さんたちはこれからどうされるんですか？」

資料を片付けながら聞かれ、真凪はさらりと答えた。

「公安の須江《すえ》室長へご挨拶に行くつもりです。……同じ庁内ですよね？　こちらの建物ですか？」

何気なく聞き返した真凪に、あー…、と青島がうなった。

「S課はちょっと特殊なんで…。少し離れてるんですよ。……えっと、地図、描きますね」

愛想笑いでそう言うと、手元のメモ帳を破って簡単な地図を描いてくれる。

「お気をつけて」

戸塚もいくぶん強ばった笑みを浮かべ、そんな言葉で二人を送り出した。

……お気をつけて？

◇　　　　◇

行き先はどうやら近辺の別の庁舎になるようで、いったん二人は外へ出た。

少し雲が出て日はかなり陰っていたが、ヒースは目をしょぼしょぼさせている。

空港で買ったサングラスは持ってきていなかったが、やはり必須らしい。……その場合は教会の名誉にかけて、スータンは着せられないが。

それでも歩きながら、観光地に来た外国人みたいに――そのままでもあるが――何でもない都会の風景をきょろきょろと楽しそうに見まわしている。

「ご機嫌ですね」

やはり自由はいいんだろうな、と思いながら尋ねると、ヒースがさらりと答えた。

「うん。日本、大好きだからね」

「そうなんですか？　あなたはもともと西洋産でしょう？」

ちょっと首を傾げる。

故郷というわけでもなく、思い入れがあるとは思えないが。

それとも……叔父と一緒に来たことがあるのだろうか？

「んー、日本の神様が好きだからかなー。個性豊かでおもしろいし、八百万《やおよろず》もいれば吸血鬼の神様もいそうだろ？　トイレの神様とか、かまどの神様とかもいるわけだし。あっ、ほら、祟《たた》り神とかもいるし」

「吸血鬼の神様はいないと思いますけどね。というか、祟り神になられても迷惑だと思いますが」

「俺が日本で死んだら、神様になれるのかなー？　ほら、日本だと死んだ人はみんな神様になるんだろ？　――ハッ！　俺が初の吸血鬼の神様になれるってこともあるのかな!?」

本気か冗談か、ヒースが興奮したように声を上げる。

「あなたは人じゃないでしょう。それに、うかつに死なれても困りますよ」

淡々と真凪は返した。

吸血鬼にとっての死は、文字通りの消滅になる。神様になれるかどうかは怪しいところだ。

まあ、日本のあの世なら、そのくらいは気にしない懐の広さはありそうだったが。

「そうなんだ？」

何気ないその言葉に、ちょっとうれしそうな眼差しでヒースが真凪の顔をのぞきこんでくる。

あ…、とようやく気づき、内心で舌打ちして、それでも素っ気なく続ける。

「私の管理責任になりますからね」

もちろん、うまくパートナーの魔物を使えなかったということで査定にも響く。

「気をつけるよ」

まんざらでもなさそうな顔で、ヒースがうなずいた。

と、目的の場所に着き、味気ないお役所仕様のビルに入ろうとして、一人の男とすれ違う。

厳密には、一人の男とおそろしく大きな犬だ。顔つきは日本犬のようだが、セントバーナードかウルフハウンド、しかもその大きめくらいのサイズはある。

ふっ、と一瞬、ヒースのまとう空気が変わったような気がした。緊張――というのか。

え？　と思った時には、足を止めたヒースが振り返っている。

「ほら、少し我慢しろ」

視線の先では、さっきの男が言い聞かせるように口にしながら、玄関先で犬にリードをつけているところだった。

心なしか、振り返ったその犬の視線もいくぶん険しくヒースに注がれているような気がする。

「……何か？」

「いや。——やっぱりおもしろいと思ってな」

とまどいとともに、真凪も少し緊張して尋ねると、ヒースがするりと視線をもどした。

「まさか、あの犬……、魔物ですか？」

どことなく、真凪も違和感のようなものを覚えてはいた。

もしあれが魔物であれば——今、追っているものでなくとも、対処する必要はある。

「あれは犬じゃない。狼だ」

しかしさらりとヒースが答えた。

「狼？」

思わず聞き返す。

しかしまさか、狼がこんなところをうろうろしているはずもない。

「むしろ、妖怪だな」

低く笑うように続けると、ゆっくりと歩き出した。

「妖怪……ですか」

なるほど、と真凪もちょっと息をつく。

ちらっと振り返ると、むこうもこちらへの関心は失ったように歩き出している。犬——狼の方は、やはりリードがうっとうしそうだ。

「飼い主もいるみたいだし、問題ないだろ」

大陸に魔物がいるように、日本には妖怪がいる。日常に、ひっそりと。もっとも魔物同様、時に事件を起こすこともあるようだ。

「しかしさすがだな、クールジャパン。妖怪のペットとは…」

ううむ、と感心したようにヒースがうなった。そして、楽しげに尋ねてくる。

「真凪ちゃんは何かペットとか飼ったことはあるの？」

「今、飼ってますよ」

「へー、何？」

「吸血鬼」

淡々と返した真凪に、「ペット……」と横でヒースが愕然とうめく。そして逆襲するみたいに、ちょっと意地悪く聞いてきた。

「ああいう妖怪って、わかんないもんなの？　日本人なのに」

「妖怪は管轄外ですから、いいんですよ」

いささか痛いところを突かれ、真凪はむっつりと答えた。

それは、目の前を一反木綿が飛んでくれば認識はできるだろうが。

真凪は教会の命により魔物を追っているが、妖怪には手は出さない。……手を出されない限り、だ。

妖怪は教会の管轄ではないのだ。妖怪にはよい妖怪も悪い妖怪もいるようだし、真凪にはその区別がつかない。

今から訪れるところが、その妖怪の専門機関になる。

警視庁公安部外事課特殊事例対策室。

S課——と庁内では呼ばれているらしい。

つまり日本では、妖怪もスパイやテロリストと同列に扱われているわけだ。

何か人知を超えた不可解な事件が起きると、非公式にここに相談が持ちこまれ、妖怪がらみだと判断されると管轄権が移る。そして丸投げしたあとは、捜査課などは見ない振り、知らない振りで関わり合いにならないようにしているようだった。

無理もない。妖怪は逮捕できないし、事件自体、公表もできない。

その怪しい部署へ、コスプレまがいの怪しい神父が入っていく——といういかにも怪しい光景を、通りかかった職員が怯えた表情で眺めていた。

ヒースがにっこりとキラースマイルを見せたが、四、五十代のオジサンだったせいか、相手は飛び上がる勢いで姿を消した。

「……ああ、どうも。ようこそ、遠いところまで」

ノックをして部屋に入ると、真凪たちの姿を見てすぐに素性は察したようだ。

奥の席から一人の男が立ち上がった。

三十過ぎの眼鏡をかけたインテリ風で、確か名前は――。

「須江です。お呼びだてして申し訳ありませんでした」

「いえ、こちらこそ。ご連絡いただきましてありがとうございました」

慣れた様子で握手の手を差し出され、握り返しながら真凪も丁重に礼を伝える。

警視庁公安部外事課特殊事例対策室、の室長だ。

捜査課の方では、当初――今もだが――、猟奇殺人事件だという認識で、妖怪がらみだとは考えていなかった。しかしやり口の残忍さもあり、須江が現場と被害者を検分した結果、どうやら妖怪ではなく、魔物の類《たぐい》ではないか、と疑いをもったらしい。

それで外交ルートを通じて、教会の方へその情報が伝わったのである。

「桐生と申します。こちらはヒース」

「ああ…、日本の方なんですね」

自己紹介した真凪に、須江が微笑んでうなずく。

そしてヒースをじっと眺め、興味深そうに顎を撫でた。

「ほう…、なるほど」

と小さくつぶやいただけで何も言わなかったが、……あるいは何か察したのだろうか。

日本で、こうした妖怪を相手にする人間は特別な血筋にある能力者のようだから、須江もそうなのだろう。よくは知らなかったが、陰陽師《おんみょうじ》とかそんな系譜の。

よろしく、とヒースもにこにことすっとぼけていて、キツネとタヌキというところかもしれない。

「室長。お茶が入りましたので、こちらへどうぞ」

と、色っぽい声がして、部下——というよりは、スタイルのいい美人秘書といった風情の若い女が応接セットの方を示した。

制服やスーツでもなく、胸の大きく開いたブラウスにタイトスカートと、到底警察官とは思えない雰囲気だ。

とまどいつつ、失礼します、と真凪はソファに腰を下ろした。その隣にヒースも落ち着く。

お茶出しをしてくれた女がいかにも不躾に真凪を眺め、そしてじっとヒースに見つめてから、するりとその横の肘掛けに腰を預けると、色気のある流し目でヒースに上体をよせた。

「すごく魅力的な方ね」

艶然《えんぜん》とした微笑み。

「それはどうも。あなたもきれいな首筋だ」

愛想よく返したヒースに、女がころころと声を上げて笑う。

「ヒース」

吸血鬼の褒めるポイントはそこなのか？　と思いつつ、わずかに眉をよせてクギを刺した真凪に、ヒースはあっさりと肩をすくめた。

「大丈夫だ。猫は襲わない」

――猫？

そんなやりとりに、ハハハ…、と向かいにすわった須江が軽やかに笑った。

「申し訳ない。私の式神なのですが、気ままでね」

どうやら猫の妖怪？　を式神のように使えるらしい。

ちょっとうらやましくなる。式神なら術者の命令は絶対だろうし、無駄口をたたかずきっちりと命じられた仕事は過不足なくしてくれそうだ。

「それで、捜査課の方へは行かれましたか？　どうでした？」

本題に入って、須江が尋ねてくる。

「ええ、やはり須江さんのお考えの通り、魔物のようです」

「そうですか…。日本に遠征してきたんですねぇ…」

「申し訳ありません」

うなるように言った須江に、やはり申し訳ない気持ちになる。

「桐生さんがあやまられることではありませんよ。この時代、仕方のないことです。魚でも動物でも、外来種の流入は防ぎきれませんからね」

とは言っても、そもそも公にされていない、教会の失策が大きな原因なのだ。

「もしかするとこちらの妖怪が大陸に行っている可能性もあるのですが、……きっと認知されてないんでしょうね。世界的に見れば、日本の妖怪はマイナーですから」

確かにありそうなことだった。真凪も今のところ、大陸で日本の妖怪に出くわした経験はない。

そこで少しばかり情報交換をし、何かあった場合の協力やさらなる情報収集を依頼してから、真凪は早めに腰を上げた。

化け猫？　の式神がヒースに興味を持っているようなのも、微妙にマズい気もして。

吸血鬼が猫を襲わないにしても、ヒースも猫の状態ならうかつに交尾——とかやりかねない。

魔物と妖怪の交尾で、うっかり子供とか生まれたらどうなるのか……あまり考えたくはないし、真凪としては管理責任が問われる。

外へ出ると、すでに日は落ちていた。ビルの窓から残業の明かりがこぼれ始めている。

気温も急激に下がり、真凪はぶるっと身震いした。

「寒い？　猫でも抱いてる？　あったかいぞー」

にやにやと聞かれたが、真凪は素っ気なく返した。

「結構ですよ。こんなところで猫になられても、あなたの服を持って帰る方が重いです」

「それもあるか」

うーん、とヒースがうなる。

「とりあえず、今日のところは帰りますよ。もらった資料でちょっと追い込む方法を検討してみましょう」

「あ、レンタル、よっていいっ？」

思い出したようにウキウキと聞かれ、真凪はため息をついた。

「またですか…。というか、レンタルだと返却が必要でしょう？　ネットがつながってるんですから、動画配信サービスに登録したらどうですか？」

「あっ、それもいいなー」

「それより、こっちの仕事をきっちり手伝ってもらいますからドラマを見てる暇はないですよ」

ぴしゃりと言った真凪に、はぁい、とヒースが唇を尖らせてちょっと不服そうな返事をする。

と、宵闇《よいやみ》が迫る中、真凪たちが地下鉄の駅を探して路地裏を抜けようとした時だった。

ふっ、と一瞬、風が止まったような、ほんのかすかな違和感に真凪は無意識にビルの間の狭い夜空を仰ぎ見る。

「真凪…！」

すると次の瞬間、切迫したヒースの声が耳に刺さったかと思うと、次の瞬間、覆い被さるようにして壁際へ身体が押しつけられた。

それとほとんど同時に、シュン…！　と風を切るような音が耳をかすめる。

――何…？

真凪も夜目は利く方だ。が、一瞬、その動きは追い損ねた。

「――ハァァァァ…！」

そして気迫のこもった低い声が近づいたかと思うと、バッ…と頭上から大きな影が落ちてくる。

キラリと月の光を弾いて、銀の矢のように細身の剣が振り下ろされた。

「ヒース…！」

思わず真凪は声を上げていた。

その切っ先がヒースの首筋にたたき落とされる寸前、振り仰いだヒースがわずかに身をひねり、両手でその剣を握る手首をがっちりと捕らえた。

ヒースの肩越しに、押し合ったまま動かない剣の禍々しい輝きが目に映り、ゾクリと背筋が凍った。

うぉぉぉぉぉぉっ、という腹からのうなり声がどちらのものだったのか。

力負けしたように、いったん相手が跳び退《すさ》る。

ふうっ、とヒースが肩で大きな息をついた。

「さすがの馬鹿力だな…。妙な匂いがすると思ったら、おまえが日本にいたとは」

いくぶん荒い息遣いで、それでも張りのある声が届く。

ヒースが目をすがめるようにしてそちらを眺め、小さく舌打ちした。

「クラウス・ローゼンハインか…。しつこいヤツだな」

「クラウスは私の祖父だよ、ヴァンパイヤ」

誇らしげな声が響き渡った。

その言葉に、真凪はドキリとする。

つまり相手は、ヒースの正体を知っていて狙ってきたということだ。

「……そうだな。クラウスがそんなに若いはずはない。では、クラウスは死んだのか？」

わずかに眉をよせ、ヒースが尋ねた。

「三年前にな」

「それは残念だ。いい男だったんだが」

肩を落とし、深い息をつく。

「あなたは…、何者ですか？」

ヒースの身体を押しのけるようにして、真凪は声を上げた。

薄闇の中に、ようやくまともに剣を片手に提げた男の姿が見える。

二十代なかばだろうか。かなりくっきりと整った顔立ちの男だった。

長い髪が風になびき、立ち姿もずいぶんと様になっている。舞台俳優か何かのようだ。

「私はクレイヴ・ローゼンハイン。ローゼン騎士団の名において、ヴァンパイヤを討伐する！」

──騎士団。

真凪はわずかに目を見張った。

その存在は、もちろん知っていた。歴史上、教会とは縁も深い。

「待ってください！　騎士団であれば、私たちの敵ではないはずでしょう？」

「そう。あなたの敵ではありませんよ、神父様。しかし、そこの吸血鬼は地球上から根絶されなければならない！」

「……人をウィルスみたいに」

ピシリと剣の先を突きつけ、高らかと宣言した男に、ヒースがむっつりとうなった。

「似たようなものだ！」

叫ぶと同時に、ハァ…ッ、と気迫のこもった剣が深く突き出される。

きわどく腹を引っ込めるようにして避けたヒースが、次の瞬間、横のビルの壁を垂直に駆け上がり、その勢いで男の背後へ飛び降りると、そのまま後頭部へ大きく回し蹴りを放つ。

さすがに人間離れした動きだ。

が、一瞬早く、男は地面を転がるようにしてかわし、起き上がると同時に剣を構えた。

「なるほど、クラウスの爺様よりは腕が立ちそうだな」

ヒースが口元に不敵な笑みを浮かべた。

「お祖父様も若き日にはおまえと十分にやり合ったと語ってくれたが？　……いや、逃げ足だけは早い吸血鬼だと言っていたかな」

「若き日はな。そもそも俺は逃げたわけじゃない。余計な血を流したくないだけだ」

「ほざけ。俺の世代で決着をつけてやる…っ」

二人がにらみ合うように対峙する。

「――やめなさいっ！」

真凪は二人の間に割って入った。

「離れてなさいっ、神父様！　怪我をしますよ」

男が険しい目で真凪をにらんでくる。

「そう思いますか？」

低く口にした真凪はそっと胸のロザリオを握りしめる。そしてグッと強く引くと、スッ…と力の抜ける感覚があり、軽く手を揺らすと解けた鎖がしなるように鋭く伸びて、一気に男の持つ剣の柄に絡みついた。

「えっ？」

と一瞬、男の表情に動揺が走る。

反射的に剣を強く握りしめたようだが、すでに遅く、手元に引きもどした真凪の鎖の先に男の剣が奪い取られていた。

鎖を手首に巻きつけると同時に、真凪はもう片方の手で宙に放った男の剣をつかむ。

柄が手の中に落ちたとたん、どこかに触れたのか剣の部分が吸いこまれるように短く収まり、大きめの十字架の形になっていた。よく見ると、握りの部分にスライドさせるボタンがある。

便利な武器だ。確かに、今の日本で普通に長剣など持ち歩いていると銃刀法違反でもある。

「私も手荒な真似はしたくありませんが、今、ヒースを殺されても困るんですよ」

静かに言った真凪に、男がようやく真凪に関心を持ったように見つめてきた。

「……なるほど。その神父様が今のおまえのパートナーというわけか」

「そういうことだ。可愛い顔をして、結構気が強い。逆らうと恐いよー」

横から答えたヒースを、真凪は冷ややかににらみつける。

「黙っててください。……そもそも、あなた、騎士団に付け狙われていたんですか？」

「うーん…、まあ、歴史と伝統でそうなってる感じ？」

とぼけるようにヒースが腕を組んで考えこむ――ふりをする。

「宿命と言って欲しいな！」

声を上げた男がその勢いのまま、二人の方につっこんでくる。

「ヒース！」

真凪をかばうように一歩前に踏み出したヒースの顔面に、男がまっすぐに拳をたたき込む。

が、それはフェイントだったのだろう。ヒースが避ける方向を読んでいたように、男のスピードのある膝蹴りが襲う。

「――ハァ…！」

しかし、次の瞬間――

ふっ…と目の前で、何かが剝がれるようにヒースの形が崩れた。

着ていたスータンがはらり…と地面に落ちる。

え？　と真凪が目を見張るのと、「何だ…っ？」と男が声を上げるのが同時だった。

夕闇が切り取られるように、小さな影が男の顔の前でからかうみたいに鋭角に舞い、ふりまわした男の手をかいくぐってハタハタと上空を飛んで行く。

コウモリに変身したらしい。吸血鬼のお家芸だろうが、そういえば真凪もヒースがコウモリになるのは初めて見た。

「ヒース！　寄り道せずにちゃんと家に帰ってくださいねっ」

あわてて天を仰いで、子供に言うみたいに叫んだ。

了解、という合図らしく、コウモリが大きく丸を描いて飛び、ビルの谷間に消えていく。

「やっぱり逃げ足は速い…」

やはりそちらをにらんだまま、ふん、と男が鼻を鳴らした。だが唇の端に浮かんだ笑みは、どこか楽しげでもある。

「神父様はあの男を信用しているのですか？」

そして真凪に向き直ると、丁重に尋ねてきた。

すでに真凪に対する戦意はない。やはり狙いはヒースだけで、教会の人間を積極的に襲うつもりはないらしい。

「信用……しているわけではありません」

当然だった。相手は吸血鬼だ。……身体を合わせていたとはいえ。

「ただ私はヒースを管理する立場ですので、彼の行動すべてに責任を負う義務があります」

答えてから、真凪は男に尋ねた。

「あなたは…、騎士団はずっと吸血鬼を追っているのですか？」

「ええ。僕が彼に会ったのはこれが初めてですが…、確かに僕の中の血は彼を覚えている」

彼が拳を胸に当て、どこか興奮を抑えるようにして言った。

「教会としては、できれば止めていただきたいのですが」

始終こんなふうに付け狙われていたら、いろいろとやっかいなことになる。こんな騒ぎを街中で起こしたくもない。

「教会に敵意はありません。しかしその意見が合わず、我が騎士団は教会から離れたのですよ、神父様。三百年ほど前にね」

真凪の言葉に、男が口元で小さく笑った。

「追いますよ。僕の命がある限りは。次の世代につなぐまでね。それが一族の宿命であり、祖先からの遺言でもある」

高らかと言い放った男に、面倒だな…、と真凪は嘆息した。

とはいえ、変人なだけで魔物でないのなら、真凪がどうこうすることはできない。

「これはお返しします。ただし、私も任務で来ているものですから、邪魔をされるようでしたら次は容赦しません」

男の剣――畳まれた状態なら単なるシルバーアクセだが――を返しながら、真凪はぴしゃりと言った。

「なるほど、確かに逆らうと恐そうだ」

男が受け取りながら小さく笑うように言って、ふと、真顔で尋ねた。

「任務というのは…、もしかすると例のアレですか？　連続猟奇殺人」

「ええ。……何か情報をお持ちですか？」

やはり魔物がらみだということは感じているのだろうか？

「いえ、残念ながら。でも…、やっぱりそうですか。僕でもちょっとザワザワしますからね…」

わずかに目をすがめ、つぶやくように男が言った。

「我が騎士団は発足以来、魔物の中でも吸血鬼のみにターゲットを絞ってきました。ですから、吸血鬼研究のエキスパートでもあり、匂いみたいなものを感じるのですよ」

「匂い？」

真凪はちょっと首を傾げる。

「ええ。あのやり口は吸血鬼ではない。ただ…、吸血鬼の影が見える気がして」

「どういう意味です？」

真凪は思わず身を乗り出した。想定していないことだった。

「そんな気がする、というだけですよ」

その勢いに、軽く手を上げ、いくぶん困ったように男が眉をよせる。

「吸血鬼たちは裏で物事を操るのがうまい。他の魔物たちを手足のように使い、狙い通りに動かすこともできる。神父様のパートナーに今回、正統の吸血鬼であるあの男が選ばれたというのも…、それなりの意味があってではないかと思いますが？」

もちろん、意味はある。相手の魔物がそれなりの力を持っていると思われるからだ。

だが、それだけではないのだろうか？

「ああ…、だからといって、ヒースが何か企んでいるという意味ではありませんが。パートナーということは、『血の契約』をされているということでしょう？　簡単に裏切るような真似はできませんからね」

「そうですね」

そのはずだ。

真凪も自分に言い聞かせるようにうなずく。

だが…、仮に吸血鬼が絡んでいるとすれば、「正統」であるヒースが気づかないものだろうか？　騎士が感じるほどなのに？

もしわかっているのなら……なぜ、言わないのだろう？

ふっとそんな疑問が頭をよぎる。

と、その時だった。

「ねえ…、ちょっとあれ」

「クレイじゃないっ？」

「え、王子っ？」

若い女性たちのはしゃいだ声が聞こえ、軽く振り返った男が、気づかれたか…、と小さく苦笑した。

「どうか、お行きください、神父様。少し騒がしくなりそうです。……ああ、よろしければ、僕の連絡先を登録させていただいてよろしいですか？　何かあった時のために」

そう言われ、ちょっと考えて、真凪は自分の携帯を渡した。

何か事件につながる情報を得られる可能性もある。……もちろん、吸血鬼についての推論も気にかかる。

男はなめらかに操作して番号を入れ、すぐに携帯を返してくる。

「またお会いいたしましょう」

そして華やかな笑顔で言うと、両手を広げ、いくぶん大股に女の子たちの方に近づいていく。

キャーッ、という悲鳴みたいな声や、やっぱり！　と興奮したような叫び声が響いてきた。

どうやらかなりの有名人らしい。

「あわてないで！　転ぶと危ないよ、お姫様たち。僕は逃げたりしないから」

なるほど、王子様の風情でファンに対処している声を背中に聞きながら、真凪は思い出して手早くヒースが脱ぎ捨てた服をかき集める。

まったく…、と内心でため息をつきつつ、スータンの他に下着と、そして携帯を拾い上げた。と、携帯に小さな点滅があり、メールか何か着信しているのに気づく。

しかしいつまでもこんなところにいるわけにもいかず、急いで反対側へと路地を抜けると、地下鉄の入り口を目指す。

行き先を確認して、比較的空いていた車内で席を見つけてすわりこむと、膝の上で携帯を見つめた。

プライバシー……ではあるが、吸血鬼にプライバシーがあるのだろうか？

ちょっと考えこんでしまう。

というより、今のヒースは真凪の管理下にあるわけだし、そもそも着信などがある方がおかしい。

さっき番号を交わした警察関係者であれば、先に真凪の方に連絡があるはずだ。

少し迷ってから、真凪はメールを開いた。

『了承した』

内容はその短い一文で、差出人は「A」とのみ表示されている。

真凪は少し考えて送信履歴と、他の着信履歴をチェックしたが、どちらも空だった。

素直に考えれば、このメールが単なる迷惑メールなのか、あるいは他の履歴をすべてその都度消しているか、だ。

前者なら問題はないが、後者ならば、真凪を用心しているということに他ならない。

見られてまずい通信を誰かと交わしている、ということになる。

真凪が住まいへもどると、さすがにコウモリでも羽があるだけ速かったらしく、ヒースはすでに帰り着いて、風呂から上がってきたところだった。こざっぱりして、バスローブをまとっている。

「これからはエコバッグくらい持ち歩く必要がありそうですね」

男の服を持って帰り、ダイニングのテーブルに投げ出した真凪の皮肉に、悪い悪い、とヒースが愛想笑いした。

「まぁ、あの男と会ったら逃げるのが一番、騒ぎにならずにすむんだよな。結局、俺にしか用はないんだし」

「何ですか？　彼は」

四百年くらい前から吸血鬼を追いかけまわしている騎士団の末裔《まつえい》らしいとはわかったが。

正直、ヒースとの関わりやら何やらがわからない。

「あ、帰ってネットで調べたんだっ」

褒めて褒めてっ、と言うみたいに、にこにことヒースがモバイルをリビングに持ってきた。

「日本では、クレイという名前でモデルをしてるらしいな。あだ名が『王子』。……なんで『騎士《ナイト》』じゃないんだろーな」

ソファの上に胡座をかいて、うーん、とどうでもいいことでヒースが悩んでいる。

そういえば、ファンの子に「クレイ」と呼ばれていたな、と真凪も思い出す。

「ハーフモデルみたいで、本名は公表されてないが、さっき言ってたクレイヴ・ローゼンハインてのが本名なんだろうな」

それを聞きながら、コーヒーを入れようと真凪はキッチンへ入った。

「飲みますか？」

一応、ヒースにも尋ねると、ありがとー、と素直な返事がある。

「あ、でもその前に冷蔵庫からトマトジュース、とってくれるとうれしいなー」

言われて、いつの間にか冷蔵庫にストックしてあった缶のトマトジュースを一本取り出すと、シンク越しにリビングへ放り投げてやる。

「お、ナイス」

うまくキャッチして、ウキウキとヒースが風呂上がりのトマトジュースを一気飲みした。

「それってやっぱり、血の代わりなんですか？」

思わず尋ねた真凪に、うーん、とヒースがうなる。

「何か……気分？　ビールの代わりに発泡酒を飲むみたいな？」

かなり違う気はするが。

「それで、あなたが騎士団に追いまわされる理由は何です？　単に吸血鬼だから？」

「みたいだなぁ…」

ヒースが喉の奥でうなった。

「なんか、もともとは騎士団の創設者のローゼンハイム卿が恋人を吸血鬼に襲われたとか、奪われたとからしいけどね。そのあたりのことはよくわからないんだよなー」

「あなたがやったことなのでは？」

冷ややかに言った真凪に、ヒースがぶるぶると首を振る。

「違う違う。俺じゃないって。別の吸血鬼」

「でもあなたは『正統』なのでしょう？　ならば吸血鬼一族全般に責任を負うべきでは？」

「そんなこと言われてもー。吸血鬼の家系も枝分かれ、すごいし。多分、俺が生まれる前の話だぞ？」

グダグダと言い訳する。

「それにしても…、騎士団とはいえ人間でしょう？　よく初対面であなたを認識できますね」

そのあたりがちょっと不思議だった。

肖像画でも伝承されているのだろうか？　そういえば、「血が覚えている」とあの男――クレイは言っていたが。

「俺がローゼンハイムに最初に会ったのは三百年くらい前だが、あの一族の直系はちょっと特殊な能力があるみたいでね。吸血鬼を察知する能力もそうだが、……何て言うのかな。先祖の記憶が子孫に受け継がれるみたいだな」

「記憶？」

ヒースの言葉に、真凪はわずかに首を傾げた。

「もちろん、全部じゃないんだろう。だが、前世の情景みたいに記憶に残ってるらしいよ。かつての先祖が俺と会ってやり合った場面がね。だからあいつ…、クレイだっけ、あの男も俺の顔がわかったんだろうな」

何気ないように口するヒースは、付け狙われているわりにはどこか楽しそうでもある。

そう、考えてみれば、ヒースにとっては一族ぐるみで自分の長い生につきあってくれている、数少ない相手なのだろう。

「まぁ、あいつのことはそう心配しなくてもいいよ。日本で会うとは思わなかったが…、あの一族とは気の長い追いかけっこをしている感じだし。なんて言うか、伝統芸みたいなもんだから」

ヒースが低く笑った。

……伝統芸？

ちょっと首をひねった真凪だったが、思い出して、ふっと小さく息を吸いこむ。無意識に唇をなめ、強いて何気なく口を開いた。

「その吸血鬼ハンターによれば、今度の事件、吸血鬼の匂いがすると言っていましたよ」

そして息を詰めるように、ヒースの反応をうかがう。

「吸血鬼の？」

聞き返したヒースの声は、本当に驚いているように聞こえた。

「裏で吸血鬼が操っているのではないかと」

ヒースが難しく眉をよせ、片手で顎を押さえるようにして考えこんだ。

「……何のために？」

やがて、押し出すような問いが男の口からこぼれる。

真凪に尋ねているというより、自分に問いかけているようだった。

「それはわかりませんが、あなたならわかるのではないかと」

淡々と言った真凪を、ふっとヒースが見つめてくる。どこか探るように。

「それは…、わからないな。二百年前に教会に捕らえられてから、俺が他の吸血鬼と顔を合わせたのはクラトと一緒だった時だけだ。現存する吸血鬼の数自体も少ないだろうし」

そうですか、と素知らぬふりで真凪はうなずく。

「ああ…、そういえば」

そして思い出したように、ダイニングテーブルに放り出したままだった服の間から携帯を取り出すと、軽い調子でヒースに投げた。

「メールの着信があったみたいですよ。でも、あなたにやりとりをする相手がいるんですか？」

おっと、と膝で受け止めたヒースが慣れた様子でチェックして軽く肩をすめた。

「……うん？　あぁ…、間違いメールじゃないかな」

読めない。

その様子をさりげなく眺めていたが、男に動揺した様子はなかった。が、その程度の演技はできそうだ。なにしろ数百年も生きている男である。

「……あなたを信用していいんですね？」

無意識に、そんな問いが口からこぼれた。

聞きながらも、バカバカしい…、と、真凪は自分にいらだっていた。

もともと信用してもいないくせに。するつもりもないくせに。

それとも、信用……したいのだろうか？　吸血鬼を？

「俺はあんたの犬だろ？　信用してよ。あんたに悪さはしない」

顔を上げ、ヒースがまっすぐに真凪を見て微笑む。

――本当に？

「それより、真凪ちゃん、風呂に入ってきたら？　外は寒かっただろ」

話を変えるように、ヒースが優しげにうながしてきた。

「そうですね」

妙に疲れた気がして、真凪は首のあたりを撫でながら長い息を吐く。

と、それに気づいてハッと男を眺めた。

わくわくと、どこか期待する眼差し。それこそ、餌をねだる犬みたいな。

「……今日はダメですよ」

ピシャリと言うと、え――っ！　といかにも不満そうな声が背中に響いた。

◇

◇

「……真凪……、――真凪っ！」

肩が強く揺さぶられて、ハッ、と真凪は目を覚ました。

――いや…っ、……あぁぁぁ……っ！

ほとばしるような悲鳴を、実際に自分が上げたのかどうかもわからない。

飛び上がった上半身が痙攣するように震え、指先が無意識に何かをつかんでいた。

呼吸を求めるように大きく息を吸いこむ。

「真凪…、大丈夫だから」

耳元で低く、やわらかく響く声。背中から回された力強い腕が、しっかりと真凪の身体を抱きしめている。

そっと顔を動かし、ようやくヒースに起こされたのだとわかった。

全身が弛緩《しかん》し、知らず、真凪は長い息を吐く。

「ああ…、すみません」

そして握りつぶすほどに強くつかんでいたのが男の腕だとわかり、あわてて手を離した。

夜は明けてないようで、あたりはまだ薄暗い。

「うなされてたな。悪い夢でも見てた？」

ただそっと、真凪の身体を自分にもたれさせるようにして、肩のあたりを優しく撫でながら男が尋ねてくる。

「……ええ。そうみたいですね……」

目を閉じ、ゴクリと唾を飲みこむ。

夢の内容は、よく覚えてはいなかった。ただ闇の中で悲鳴と怒号が渦巻き、ひどく生々しい血の匂いがした。

びっしょりと全身に汗を掻いている。

昔から夢見が悪いことはあったが、狩人《シャスール》となり、魔物を追うようになってさらに頻度《ひんど》はあがったようだった。

もちろん、ある意味でそれは当然なのもしれない。魔物との戦いはそれだけ神経をすり減らすし、今回の連続猟奇殺人事件のように悲惨な現場を見ることも多い。

幼い頃から、何か……漠然《ばくぜん》とした不安が消えなかった。

自分の身体の奥に、何か得体の知れない獣を飼っているような……そんな恐怖。

ある日突然、それが身体を食い破って飛び出してきそうな気がして。

魔物を狩るごと、毒素のようなものがたまっているのかもしれない。

「もう…、大丈夫です。すみません、起こしてしまいましたか？」

「いや、起きてたから」

その返事に、ああ…、と真凪はうなずく。

そういえば吸血鬼だ。しかし、だとすると。

「あなた、いつ寝てるんですか？」

「合間にちょこちょこかなー。今くらいから昼前まで？　ホントは昼間に雨戸閉めて寝てたいけど、今は仕事があるからね」

軽い調子でヒースが答える。

確かに、今は真凪の任務につきあわせているので、ある程度、人間のサイクルに合わせてもらうしかない。

そして、ふわぁぁぁぁ、とヒースが大きなあくびをした。

「あぁ…、俺も眠くなったな。……ここで寝ていい？」

真凪の顔をのぞきこむようにして尋ねてくる。

「セックス…、したいんですか？」

ちょっと眉をよせて、真凪は強いて淡々と聞き返す。

「したいけど、さすがに真凪ちゃんは気分じゃないだろ？」

さらりと答えて、ヒースが小さく笑った。

「猫になってるから。ね？」

「……仕方ないですね」

しぶしぶといった調子で、真凪はうなずいた。

やったっ、とうれしそうな声を上げて、ヒースがぱふっ、と姿を変える。

着ていた服がしぼむみたいに床へ崩れ、ふわふわと大きな猫がシーツの上で丸まっていた。パタパタとしっぽが揺れていた。犬みたいな猫だ。

無意識に伸びた真凪の手が、そのやわらかな毛皮の中へ埋もれる。その手触りと体温が心地よい。

真凪は再び、布団の中に身体を埋めた。

猫が寄り添うみたいに潜りこんでくる。

今度は、悪い夢は見なくてすみそうだった——。


青島刑事から電話があったのは、その翌々日のことだった。

どうやら被害者たちに共通する「匂い」が見つかったらしい。

「いやー、苦労しましたよ。最後の食事から、接触した人間まで全部当たって。でもわかってみると簡単な話で、タバコでしたよ」

どうやら、ある同じ銘柄のタバコを、殺される少し前にどの被害者も口にしていたらしい。もしくは、そのタバコを吸っていた人間と同席していたようだ。

しかし近年の禁煙圧力で、そのタバコを身につけていた被害者は一人だけだった。ちょうど切らして空箱を捨てていた男もいたし、あとは直前に会った人間が吸っていたか、その相手にもらって自分も吸ったか。家族に隠れてこっそりと吸っていた者もいて、昨今の喫煙者はなかなか大変そうだ。

その共通項が出れば、あとは囮《おとり》を使って魔物を待てばいい。

場所はおそらく――第一の被害者が出た場所だ。郊外の商業施設の平面駐車場。

その推論を立ててはいたが、確信があるわけでなく、警察が総掛かりで警備に当たることはできなかった。

その店舗側としても、ようやく四カ月前のダメージから立ち直りつつあるところで、二度も凄惨な殺人現場にされるなど冗談ではない、というところだろう。不確かな推論で店を閉めることもできないし、むしろ二度も同じところで犯行などありえない、と一笑に付したらしい。ありえない、という建前で、現実から目を背けたいというのもあるのだろう。

ただ警察からの要請で、夕方から完全に日が落ちてしまうまでの間、前回の現場付近にはなるべく車を入れないようにしてくれるようだ。

代わりにカムフラージュとして、警察の覆面パトカーや私用車を数台駐車しておく。

警察からの応援はほとんどあてにできない状況だったが、真凪としてはむしろ、その方がありがたかった。ヘタに臨場されると、その分被害者が増える可能性もある。

ただ、その魔物がいつ現れるかはわからない。

それから一週間ほど、夕方の四時くらいから真凪たちは借りた車で駐車場へ「出勤」していた。

到着したら、やはり連日張り込んでいる青島か戸塚に連絡を入れる。ショッピングモールでの警戒なので、食事やトイレ休憩などの便はよさそうだ。何事もなければ、真凪たちも食事をして帰ることが多かった。

囮の役は、真凪もヒースも自分が、というスタンスだったが、それに刑事たちも加わって喧々囂々《けんけんごうごう》の話し合いの結果、四人がそれぞれ交代で持ち回ることになっていた。

囮の人間は――吸血鬼もだ――夕闇が落ちると、くだんのタバコをふかしつつ、車とショッピングモールの入り口の間をぶらぶらと何往復かする。

その間、他のバックアップの人間は車の中でその様子を確認しながらひたすら待機するのだ。……

ヒースなどは、たまにコウモリになってあたりの植木や標識につり下がっていたが。

時々、歩きタバコを客に見とがめられ、警備員を呼ばれることもあったが、その都度、刑事たちが適当にごまかした。

この日、囮役はヒースの番だった。

警察から借りた車を真凪の運転で――さすがにヒースは免許がなく――所定の場所に駐めると、夕陽が落ち始めるのを待った。

　魔物たちが活動を始める時間だ。

「んー、そろそろ行くかぁ…」

あたりが薄暗くなり始めたのを見計らい、ヒースが大きく伸びをした。そしてふっと運転席の真凪に向き直って、わずかに身を乗り出してくる。

「……ね、キスだけ。いい？」

「いいわけないでしょう。公共の場ですよ」

淡々と真凪は突っぱねる。

「車は密室だって。別にカーセックスしようって言ってるわけじゃないんだし。……あっ、してみるっ？」

声を弾ませた男を、真凪は無言のまま冷たく見つめてやる。

「出陣前だよ？　そのくらいサービスしてくれてもっ」

ジタバタとヒースがダダをこねた。

「キスにどんな意味があるんですか」

「だからー。唾液が欲しいんだっ。今日の活力のためにっ」

「ド変態」

グッと拳を固めて力強く言った男に、真凪は一言で跳ね返した。

「ほっとけ。……飼い主だったら、ちゃんと餌、くれよー。日本に来てからもらってないし。動物愛護法違反だぞっ」

しつこくヒースが抗議する。

「動物じゃないでしょう。……ああもう。わかりましたよ」

確かに「契約」ではある。

真凪は男に向き直るが、しかしまともに顔を見ることはできず、鼻から下だけ確認して、唇に触れてやる。

……しかしこんなところを誰かに見られたら、不品行で責められそうだ。

真凪はきっちりと神父の服なのである。

「ダメだって。そんなお子様のキスじゃ意味ないよ。ちゃんとベロチューじゃねぇと。――ほら、こういうの」

しかしダメ出しされ、男に顎が引きよせられて、きっちりと唇が奪われた。

反射的に突き放そうとした腕も押さえこまれ、たっぷりと舌が絡められて、それこそ唾液が滴るくらい長く。

「も、もう十分でしょう…っ」

ようやく男の力が弱まったのを感じ、真凪は男の胸を押しのけると同時にあわてて顔をそらした。

ちょっと頬が熱い。この男と寝た時の……自分の淫らな姿を思い出してしまった。

そうでなくとも、この一週間、ずっと真凪は男とベッドをともにしていたのだ。

といっても色っぽい話ではなく、ヒースは常に大きな猫だったが。猫姿でベッドに押しかけられると、真凪も追い出しきれない。

……多分、真凪が悪夢を見ないように、なのだろう。

実際にその温もりがあると、真凪も穏やかな眠りにつけた。

だが……これ以上、依存するのはまずい。

そんな息苦しい思いが胸をよぎった。

自ら、魔を狩る狩人《シャスール》になる道を選んだのだ。一人で抱えていかなければならない重みなのだろう。

「ごちそうさま」

にやりと笑って親指で唇を拭い、ヒースがドアを開けて外へ出る。

ひどく色気のある仕草で、不覚にもドキリとしてしまう。

そして閉める前に、身をかがめて真凪に言った。

「……ていうか、そろそろ限界だから。今晩、帰ったらちゃんと餌、もらうよー？」

そんな宣言をして、パタン、とドアを閉める。

勝手な…、と内心で真凪はうめきながらも、一度、ヒースの身体を知っている分、妙に生々しい想像してしまい、知らず身体が火照ってくるようだった。

単なる契約だ――、と内心で言い聞かせながら、真凪は携帯をとり出して青島に連絡を入れる。

「今、出ました」

「あー、はい、確認しましたー」

携帯の向こうから聞こえる返事も、どこかのんびりとしている。

張り込みの始めの頃はさすがに若い刑事たちも緊張した様子だったが、一週間もたつと少しばかり気が緩んでいるようだ。

半信半疑でもあるのだろうし、無理もないが、真凪が引きずられるわけにはいかない。

「よろしくお願いします」

ヒースがポケットからタバコを取り出し、火をつけて歩き出すのを見つめながら、ことさら張りつめた声で返した。

ゆっくりと駐車場を横切ったヒースがモールの入り口まで歩き、手前の喫煙コーナーで吸いきったタバコを灰皿に入れている。そしてそばの自販機で缶コーヒーらしきものを買い、立ったまま飲んでいるのが遠く見える。

五分ほどそこにいてから、再び大回りするように駐車場へもどってくるのがわかる。

真凪もドアを開けて、車の外へ出た。

日はなかばまで沈み、あたりには夕闇が落ち始めている。スータンの上にコートを羽織っていたが、かなり肌寒い。

ババイ――自体は、もともとこれほど大胆に行動する魔物ではなかった。人から隠れるようにして、森や山でこっそりとはぐれた人間を襲うことが多い。だからたいてい、野生の動物に襲われたものと処理されている。

それがこれほど大きな動きを見せるのは……やはり何か目的があるのだろうか？

真凪は少し考えこむ。

クレイが言っていたように、裏で吸血鬼が操っているのか…？

もしかすると。

ふっと一瞬、その考えが脳裏をかすめる。

まさか、これだけ派手な動きを見せるのは、何かを——誰かをおびき寄せるため……？

ハッとその時、真凪は背後に気配を感じ、とっさに意識を集中させる。

そして次の瞬間、胸元のロザリオを握ると同時に身を翻し、逃げるのではなく一気に距離を詰めた。

骨をも断ちきる鎖が、相手の首筋に触れている。

ひぃっ！　と男が喉の奥で悲鳴を上げた。

「し…神父さんっ？」

ひっくり返った声。青島だ。

それを確認して、ふぅ…、真凪は力を抜いた。

「すみません。後ろに立つなとは言いませんが、気をつけてください。時々、考え事をしていると無意識に身体が動くものですから」

「……はい」

あらためて距離を置いてから伝えると、いくぶん青ざめた顔で青島が胸の前で両手を上げる。

「いや、なんつーか……、さすが魔物と戦ってる人ですよね…」

感心したようにつぶやいてから、ハァ…、と息を吐いた。

「それにしても、今日も空振りみたいですね。午後にちょっと雨が降ったから期待してたんですけど。……ていうか、期待していいのか悪いのかわからないですけど」

「つきあわせてしまって、申し訳ありません」

実際の捕獲――もしくは殲滅作戦自体は自分たちだけでかまわないのだが、現実的に店舗や客たちとの折衝には警察が入ってくれた方がスムーズにいく。

あやまった真凪に、青島があわてて首を振る。

「いえ。実際、捜査本部の方でもまったく進展はないんですから、こっちに賭けるしか。そりゃ…、魔物じゃない方がうれしいですけど、完全体？　ですか？　これ以上、パワーアップされても困りますからね。できるところでどうにかしないと」

渋面で青島はうなったが、困るどころではない。

ここで押さえられなければ、力をつけたあげく、別の餌場へ移動される恐れがあるのだ。

そうするうちに、ヒースがだんだんとこちらに近づいてくるのがわかる。

「今日は神父さんの服じゃないんですね、ヒースさん」

それを眺めて、青島が気づいたように言う。

今日のヒースは、普通にシャツとジーンズ、それにロングのコートを羽織っている。

まあ、神父の服でこんなところをうろうろするのは目立つので、真凪も自分が囮の時には普通にスーツを身につけていた。

というか、そもそも。

「あの男にスータンを着せておくのは、神への冒瀆のような気がするものですから」

「……意外と毒舌ですよね、桐生さん」

さらりと言った真凪に、青島がうかがうように小さくうなった。

「ていうか、ヒースさんは神父にしてはワイルドな雰囲気ですよね。意外とタキシードとかも似合いそう。体格いいし」

それは似合うだろう。腐っても吸血鬼だ。

……いや、腐ったらゾンビだった。

初めて会った地下牢での会話を思い出して、真凪はちょっと笑ってしまう。

残照もだんだんと色を落とし、次第に夜の闇が空気を侵食していく中で、ささやかな抵抗のようにポツポツと外灯が灯り始めた。

と、その時だった。

ふいに空気が――ギュッと詰まったような感覚に、真凪は一瞬、鳥肌が立つ。

刃物のような風が一瞬に近くをすり抜けた気がした。

しかしハッとそちらに向き直った時、真凪が見たのはありふれた男の後ろ姿だった。

中肉中背。目立つところもない、地味なズボンにブルゾンを羽織っていて。二十歳過ぎというところだろうか。

しかしその背中から放出されるような圧力を感じ、一瞬、瞬きした次の瞬間、その姿は目の前から消えていた。

――まずい。

「ヒース！」

無意識のまま、真凪は叫んだ。

次の瞬間、ドン！　と何かがぶつかるような大きな音が響き、駐車場の真ん中で細かい煙のようなものが渦を巻く。

とっさに走り出した真凪の後ろで、青島があせった声で電話に叫んでいた。

「――戸塚っ！　来た！　客を駐車場に近寄らせるなっ！　警備員に連絡しろっ！」

いつもの童顔からは想像できない厳しい口調だ。

真凪が音がしたあたりに行き着くと、ワゴン車が一台、空から落ちてきた隕石か何かが衝突したように天井から押し潰されていた。

呆然とそれを見つめ、そしてハッとあたりを見渡すと、空中を走るみたいに小さな竜巻のようなものが移動しているのがわかる。動きは不規則で先が読めず、塵を巻き上げる渦のようなものの中で、上下を激しく入れ替えながら何かが絡み合っているのが垣間見える。

ヒース……と、ババイの本体、だろうか？

これでは、真凪もうかつに手を出すことはできなかった。

「ヒースっ！」

「真凪…っ！　来るな！」

それでも渦に近づこうとしながら声を上げた真凪の耳に、怒鳴るような男の声が聞こえてくる。

渦は横だけでなく上下にも激しく揺れ動き、時折、車とぶつかる音が響き渡る。

客の少ない時間帯ではあったが、それでもこれだけの騒ぎだ。さすがに近づいてくる人間はいなかったが、遠巻きに騒ぎが大きくなっているのがわかる。

一瞬でも動きが止まれば——。

ロザリオの鎖を手の中で握り、それを願いながら瞬きもせずに見つめる真凪の頬に、ピシャッ…！と雨のように何かが飛んできた。

無意識にそれを拭い、ハッとする。

血だ。日が落ちた暗い中ではわかりにくいが、まともに見えていたら客たちはパニックだろう。

——どちらの？

スッ…と、心臓が冷える。

と、いきなり「ぐぉぉぉぉ…っ！」とのたうつような低いうなり声が走り抜けた。人間の声とは思えず、むしろ何かのエンジン音のようにも聞こえる。

次の瞬間、いきなりものすごい突風が襲い、あちこちで車が飛ばされてぶつかる音が響いた。

遠くからつんざくような客たちの悲鳴も耳に届く。

とっさに近くの外灯につかまり、真凪は大きく目を見開いた。

その風の中――いや、その風を巻き起こすようにして、目の前を大きな影がすり抜けていくのがわかる。

大きな犬のようにも――鳥のようにも見えた。

ババイだ。

そして気がつくと、一瞬の真空のような凪の中で、ヒースが荒い息をつきながら真凪の肩に倒れかかってくる。

「ヒース！」

あせって真凪はその身体に両腕を伸ばした。

頬には切り傷のようなものが見え、中のシャツは腹のあたりがべったりと血に濡れている。黒のコートではわからなかったが、おそらくかなり血を吸っているはずだ。匂いもきつい。

「大丈夫だ。俺の血じゃない」

しかし深い息をつき、首を振ってヒースが言った。そして魔物が逃げた方をにらんだ。

「追ってみる」

「ヒース！　深追いは…っ」

「ここで逃がせねぇだろっ！」

声を上げた真凪だったが、ピシャリと言われて口ごもった。

確かに、ヒースの言うとおりでもある。

「今ならあいつは深手を負ってる。今、仕留めないと」

「私が行きます」

きっぱりと言った真凪だったが、ヒースは首を振った。

「おまえの足じゃ追いつけないよ」

端的に指摘され、真凪は唇を噛む。悔しいが、そうなのだろう。

「命令を、真凪。そのために、狩人には猟犬がいる」

まっすぐな目で静かにうながされ、真凪は押し出すように言った。

「……行ってください」

次の瞬間、走り出したヒースの身体から服が抜け落ち、闇の中に矢のように一羽の鷹《たか》が飛び立った。

「必ず帰って……報告をっ！」

とっさにその方向に声を上げる。

しかしあっという間にその姿は闇にまぎれて消えていた。

どうやら人間に憑依していたらしい。その姿のうちに捕らえられなかったのがまずかった。

とはいえ、このワンチャンスしかなかったのだ。

真凪は大きくため息をつくと、ようやくあたりを見まわした。

まるで夢から覚めたように、駐車場のまわりは大騒ぎになっていた。悲鳴を上げる者、呆然と立ち尽くす者、横倒しになった車をおもしろがって写真に撮る者——。

おそらくこれは、突風か竜巻という発表になるのだろうな…、と内心で思う。とりあえず、この現場で被害者はでなかったわけだし。

おそらくあの風の中で、魔物——たちの姿をまともに確認した人間もいないだろう。

刑事たちも素早く応援を呼んだらしく、サイレンの音がいくつか近づいてくる。

「神父さん！」

青島の声が背中から聞こえ、ようやく真凪は振り返った。

「無事でよかった…。——見ましたか？　確かにあれは人間じゃない……」

駆け寄ってきた青島が、引きつった顔で呆然とつぶやく。

近くにいた分、どうやらはっきりとではないにしても、ババイの姿を見たのだろう。

そしてきょろきょろとあたりを見まわす。

「ヒースさんは？　もしかして追いかけていったんですか？」

「ええ」

「じゃあ、あいつを捕まえられれば事件は終わるわけですね？」

「はい。警察発表をどうされるかは検討が必要でしょうが」

憑依していたとしたら、その人間を捕らえることもできるだろう。ただ、それも気の毒だった。本人はまともな意識はなかっただろうから。

「しばらくは帰ってきそうにないですかね…？」

うーん、と困ったように青島が頭を掻いた。

正直、真凪にはそれに答えようがない。

あの血がヒースのものでなければ、相手はかなりダメージを受けているということだろうから、もしかするとそれほど時間はかからないのかもしれないが。

とにかく、連絡を待つしかない。

必ず帰れ——とあの声が届いていれば、あの男は帰ってこなければならないのだ。

「私が待っていますから、警察の方は引き上げてもらって大丈夫ですよ」

そう言った真凪に、青島が首を振る。

「いえ、申し訳ありませんが、この現場は封鎖することになるんで。……ほら、車の被害が大きくて。まあ、事件性という意味では立件のしようもないんでしょうが、とりあえず形だけでも現場検証の必要があるんですよ。前の殺人現場でもありますし、マスコミも来ると思うんですよね」

「ああ…、そうですね。わかりました」

もっともな話だった。

ならば…、家であの男を待つしかない。ひどくもどかしいが。

あるいは、あの吸血鬼探知機のような鼻を持つ騎士がいれば、ヒースを探せるのだろうか？

そんなことを考えてしまう。

「お送りしますよ。神父さんの乗ってきた車で行きましょう。どうせ預かってこないといけませんしね。……乗っててください。戸塚に伝えてきます」

いったん青島が離れた間に、真凪はまたしてもヒースの服を拾い集めておく。当然ながら携帯も持ち運べないので、やはり連絡のとりようはない。

ふと、真凪はメールの着信履歴を開いてみた。

彼氏やダンナの携帯をチェックする束縛の強い女のような気もしたが――むしろ飼い主の危機管理である。

やはり空だろうと思っていたが、一件だけ残っていた。

発信者は「A」。この間と同じ人間らしい。ヒースが間違いメールだろうと言っていた相手だ。

真凪はふっと眉をよせた。

同じ人間が間違って登録してしまっているのか、それとも――？

本文を開いてみる。この間よりは長い文面だった。

『状況に合わせて動いてくれ。判断やタイミングは君に任せる。自由になれることを願っている』

その内容に、真凪は思わず息を呑んだ。

ドクッ…と耳に反響するほど、鼓動が大きく鳴る。

どういう……意味だ？

自由——に？

もちろん、あの男も自由は喉から手が出るほど欲しいだろう。

だが契約を交わしている以上、それは不可能だった。

それとも何か、契約の裏をかく方法があるのか——？

「神父さん？　——桐生さんっ？」

青島の声でようやく我に返った。

「……あ、はい。すみません」

あわてて携帯を自分のコートのポケットに突っ込み、真凪は服を抱えたまま助手席に乗りこんだ。

服はリアシートに放り投げる。

と、めざとく青島がそれに気づいたらしい。

「あれ？　その服…、ヒースさん、着替えていったんですか？」

「ええ…、まあ」

鳥の羽を着替えと呼べば、嘘でもない。

「すごい。余裕ですね」

ハハハッ、と青島が笑う。そして手にしていたスリムなステンレスボトルを運転席と助手席の間のボトルホルダーに差した。

「――よかったらどうぞ。寒いでしょう？　コーヒー、飲んでてください。俺のスペシャルなんで」

「ありがとうございます」

反射的に礼を口にしながらも、青島の言葉はなかば頭に入ってこなかった。

じゃ、行きますね、と青島が車をスタートさせても、ほとんど上の空だった。

――もしかすると、ヒースは逃げたのだろうか…？

そんな疑惑がムクムクと湧いてくる。

――全部、茶番……だった？

そんな想像に、一気に体温が下がった気がした。

だが真凪から離れていたとしても、その首輪やリードが外れるわけではない。

真凪を殺したとしても、同じだった。ヒースは地下牢へ帰らなければならなくなる。

ならば、このままあの男が自由でいられる方法は？

ハッと真凪はそれに気づいた。

『命令を、真凪』

さっきヒースはそう言った。今までそんなふうに言ったことなどなかったのに。

真凪自身、ただ命令して服従させることは好きではない。もちろん、駆け引きとして口にすることはあるにしても。

それよりも、あえて手綱を緩め、相手を自由にさせておきながら、その実、こちらの望む方へ誘導することの方が得意だ。

だが確かに、ヒースは始めから勝手が違っていたが。きっと、あのいつにない条件のせいで。

ともかく、さっき真凪は「命令」として、ヒースにババイの追跡を命じた。

だとすれば、ヒースはババイを追いかけている間は自由でいられるということだろうか？

あえて追いつかなければいいのだ。ならば、いつまでも「追いかけている」体裁がとれる。

もしかすると、今度の連続猟奇殺人事件自体……ヒースを呼び寄せるために、他の吸血鬼仲間が仕組んだことかもしれない。

初めて、その可能性に気づく。

これだけの大きな事件を起こせば、ヒースが派遣されるだろう、と。そう計算したのだ。

無意識に真凪はきつく唇を噛んだ。

帰ってこいと叫んだあの言葉は、男の耳に届いているかどうかもわからない。

だとすると、大きな失態だった。

どれだけの力を持っているのかもわからない、正統の血を持つ吸血鬼だ。うかつに逃がしていい魔物ではない。

油断していたのだ。あの男の口車に乗って。

うまく油断させられた。身体を餌に、などというバカバカしい言葉に。

その程度のもので、吸血鬼をリードにつないでおけるはずもないのに。

「……すみません。じゃ、あとよろしくお願いします」

駐車場の端でいったん車を停め、窓を開けて青島が警官に挨拶をしている。

あ、と思い出して、真凪は片方のポケットに手を突っ込み、携帯をとり出した。ヒースのではなく、自分の方だ。

一番新しく登録したばかりのクレイの番号を呼び出し、短いメールを打つ。

『ヒースの居場所はわかりませんか？』

恥を忍んで、になるが、そんなことを言っている場合ではなかった。

野放しにするわけにはいかない。

責任もあるが、なにより怒りと悔しさがじわじわと湧いてくる。

――何が、「信用してよ」だ。

そんな言葉一つで油断した自分が愚かだと思う。

なによりあの猫が――卑怯だった。

「コーヒー、いいですか？」

再び走り出しながら青島にうながされ、いただきます、と真凪は手を伸ばした。

少し気を静めたかった。冷静にならなければならない。

暖かいコーヒーが胃の中に沁みていく。

大司教に報告は必要だった。……そう、本当にあと数時間も帰ってこなければ。

それでもまだ、信じたいと思っているらしい自分に、真凪は笑いたくなった。

「ああ…、でもちょっとうれしいですね。神父さんと二人でドライブできるなんて」

広い道へ出て快調に走らせながら、青島が晴れやかな様子で言った。

まあ、そうだろう。やっかいな事件が、とりあえず解決したのだ。どう発表するかはともかく、これ以上、徒労する必要はない。

「実は聞いてみたいこと、いろいろあるんですよね。あ、一つ、お願いもありますし」

「お願い？　何でしょう？」

そんな言葉に、真凪は首を傾げた。

今回のことではかなり世話になっていた。できることであれば、とは思う。

「神父さんにしかできないことなんですよね」

青島がハンドルを握ったまま微笑む。

「私にしか…？」

聞き返したものの、なぜかうまく頭がまわらなかった。

ひどく——眠い。急激にまぶたが重くなる。

真凪の手から、空になっていたステンレスボトルのカップがすべり落ちた。だがそのことにも、真凪は気がつかない。意識が遠くなっていく。

青島が、そんな真凪をちらっと横目にした。

「実は、俺の兄を甦《よみがえ》らせてほしいんですよ。桐生蔵人神父に封印された、吸血鬼の兄を──ね」

◇　　◇

ヒースがババイを追い詰めたのは、結局、都内のワンルーム・マンションの一室だった。

憑依している人間が暮らしている部屋だろう。学生のようだったが、生活はかなり荒れていたらしい。

若い男の一人暮らし……にしても、ものが散乱して汚かった。

そして、追ってきた男はベッドの上に倒れていた。腹のあたりを赤く血に染めて。

窓から中へ飛びこみ、とりあえず人の姿にもどったヒースは、ベッドを見下ろしてわずかに眉をよせた。

憑依──だったはずだが、どうやらババイは人の肉体を乗っ取って自分の血肉にしていたようだ。

あるいは「捕食」を続けるうちに、だんだんと一体化していったのだろうか。

何とか逃げ帰ったものの、男はすでに虫の息のようだった。物理的に肉体が保っていない。

もちろん個人差もあるが、それでも力関係でいえば、魔物の中で吸血鬼は最上位のグループに入る。

まともな理性があれば、ババイは吸血鬼が敵対していると認識した時点で逃げるはずである。

だが、この魔物は向かってきた。それで、ヒースとしても相手をせざるを得なくなった。

捕獲——が難しければ、消滅。

ババイは確かにおとなしい魔物ではなかったが、しかしそれにしてもあまりに理性が失われている気がした。ほとんどなりふり構わずといった状態で、予想以上に力も大きかった。それだけに現場でケリをつけられず、こんなところまで追ってくることになったのだが。

何か……おかしかった。

人間であれば、まるでクスリでハイになっている状態というのか——。

そう思ってふと、注意深く匂いを嗅いでみると、部屋の中にはすえたような匂いの他に、ハーブのような匂いも混じっていた。かすかな薬品臭も。

危険ドラッグだとか、ＬＳＤとか、その類だろうか。

魔物が薬物をキメるなどと、聞いたこともない。作用するのかも怪しいが…、しかし逆に、人間以上に劇的な効果をもたらした可能性もある。

あるいは憑依した人間がもともとやっていて、ババイの方がそれに影響されたのか…？

時代が進むにつれ、魔物と人間の関係もいろいろと複雑になりつつある。

ヒースはそっと、ベッドへ近づいた。

仰向けに倒れ、無意識にか腹のあたりを押さえたまま、男が必死に荒い息を紡ぎつつ薄くまぶたを持ち上げる。

「おまえ…、吸血鬼か……？」

かすれた声で尋ねてきた。

「そうだ」

男を見下ろしたまま、ヒースは答える。

どうやらダメそうだな、と判断をつけた。最期を見届け、きっちりと魔物の「核」を消滅させなければならない。

「なん…で……、吸血鬼が……俺を襲う…？」

「おまえが人間を襲ってるからだ」

残った力を振り絞るようにして尋ねる男に、ヒースは淡々と返した。

「な…なんで……？　おかしい……だろ…っ？」

「何がだ？」

魔物が人間の側についている、ということを言いたいのかもしれないが、それは歴史上もままあることである。その時々の状況で、いろんな事情が出てくるからだ。

だが、ババイの言いたいのはそういうことではないらしい。

「お…、俺に……クスリ…くれたの…、あたんら……だろ……？　大丈夫…、だって…。それで俺が……輪を……完成させたら……、もっと……力……、――ぐは…っ！」

男が血というより溶けた内臓を吐き出すように口からドロリとした液体をぶちまけ、大きく身体を折った。

「おい…、どういう意味だ、それは…っ？」

だがヒースにとっては、それどころではなかった。

――あんたら…、というのは、吸血鬼のことなのか？　吸血鬼がババイにクスリを渡した？

意味がわからない。

いや、つまり他の吸血鬼がいる、ということなのか？　日本に？

ハッと、ヒースは息を呑んだ。

「おいっ、その吸血鬼というのはまさか――」

ヒースはとっさに男の身体を起こしてみたが、すでに息をしていなかった。

吐瀉物《としゃぶつ》にまみれた口から、スッ…と何か紫がかった煙の塊《かたまり》ようなものが吐き出される。

「くそ…っ」

低く毒づいて男の身体を離したヒースは、その塊を両手の中に捕らえ、指を組んで押し潰すようにギュッと握りしめた。

これでババイは消滅する。――人間の方は、形だけは残るが。

「……なんだ、ここは？　ひどい部屋だね」

と、いきなり聞こえた声に振り返ると、戸口のあたりにクレイが立っていた。

「なんでおまえがここにいる？」

いくぶん険しく尋ねたヒースに、男が軽く肩をすくめる。

「吸血鬼を追うのが僕の務めだから。……だが、今はおまえのパートナーに頼まれてね」

「真凪に？」

意外な思いに、ヒースは聞き返した。

「居場所を探されているようだが？　どうやらパートナーの信用がないようだな」

痛いところを突かれて、ヒースは短く息をつく。

真凪が自分を信用しきれないのも、無理はないのかもしれない。

もちろん吸血鬼ということもあるし、……ヒースにしても口にしていないことはある。それを感じているのだろう。

それにしても。

「よくここがわかったな」

「難しくはない。さっきの騒ぎはすでにネットに上がっているし、例の猟奇殺人の犯人を追っているのなら、今までの犯行現場の中央付近に当たりをつければいい。近くにいるのなら、僕には君の匂いをたどることは簡単だからね」

「騎士団レーダーか…」

ふん、とヒースは鼻を鳴らす。

「それより、……まあ、どうでもいいが、寒くないのか？」

言われて、ヒースは今の自分が裸なのを思い出す。

あまり気持ちがよくはないが、着られそうな家主の服をあさってみる。少しばかり若向けだったが、選り好みしている状況でもない。

「で？　ここで俺とやり合おうと？」

のそのそとズボンをはきながら、ヒースは軽く尋ねた。

「いや。今は神父様の依頼だからね。君の居場所を突き止めるだけにしておこう。……どうやらおまえも、教会の任務を果たしたようだし？　そういえば、その魔物を操っている吸血鬼がいたんじゃないのか？　そいつの正体はわかったのか？」

「いや。――なぜおまえにそれがわかる？」

ヒースとしてもさっきわかったばかりだ。

「騎士団をなめてもらっては困るな。吸血鬼の気配には敏感なのでね。……どうやら、おまえが関わっているわけではなさそうだな」

「まさか」

クレイの言葉に、ヒースは軽く返した。

「おまえが日本に派遣されたのは、その吸血鬼がらみかと思ったが。十年ほど前にもあったんだろう？　僕は話を聞いたくらいだったけどね」

「ああ、あの時はクラトと……」

何気なく返そうとして、ハッと気づく。

――そうだ。まさか。

「あ……」

頭の中でいろんな事実が一気につながった気がした。

そうではない。

この事件は、ヒースを呼び寄せるためではない。

真凪だ。ターゲットは。

日本で魔物がらみの事件が起きれば、真凪が派遣される確率は高い。

つまり、ヒースがババイを追ってここまで来たことで、真凪と引き離された――？

まずい。

「おいっ、真凪と連絡をとったのはいつだ!?」

顔色を変え、クレイの腕をつかむ勢いでヒースは問い質した――。

◇

◇

気がついた時、真凪は自分がどこにいるのかわからなかった。

肌寒さに、無意識にぶるっと身震いする。吐き出した息が白い。

屋外――のようだった。

少し風があり、無意識に振り仰ぐと淡い星空が見える。

と同時に街の明かりも視線の下に見え、どうやらビルの屋上だとわかった。

目を凝らすと、周囲にもいくつか高いビルが見える。

「……ああ、気がつきましたか？」

どこか朗らかな声が聞こえ、真凪はハッと正面に向き直った。

開いたままのドアから男が一人、紙コップのコーヒーを手に出てくるところだった。

――青島だ。

「あなた…、どうして……？　どういうことですかっ？」

混乱したまま思わず声を上げ、とっさに立ち上がろうとしたがうまくバランスがとれない。

ようやく、後ろ手に手錠がはめられているのがわかった。

それでもなんとか上体を引き起こし、真凪は後ろの鉄柵に身体を預けてすわり直す。

「言ったでしょう？　神父さんには頼み事があるんですよ」

「こんな真似をしてですか⁉」

強い口調で非難した真凪に、ハハハ…、とちょっと体裁が悪いように青島が頭を掻く。

「いやあ…、素直に神父さんが頼みを聞いてくれると問題はないんですけど、なかなか……ねえ」

どこか他人事に言って、ずずっ、とコーヒーをすすった。

「説得するにはそれなりに時間がかかりそうですし。もし説得に失敗した場合には、神父さんを生きたまま運ばなきゃいけなくなりますしね」

男をにらみ、真凪は何とか気持ちを落ち着ける。唇をなめ、そっと言葉を押し出した。

「つまり…、素直には聞けないような頼み事なのですね？」

「おそらくは。……あれ？　聞こえてませんでした？」

「何をです？」

ちょっと首を傾げた男から、真凪は目を逸らないままに尋ねる。

「兄を甦らせてほしいって。俺の兄さん、桐生蔵人神父に封印されちゃったんですよね。十年前」

さらりと言った男の言葉に、真凪はなかば口を開いたまま、すぐには声が出なかった。

意味が——わからなかった。

「封印……？」

混乱したまま、それでもその言葉がこぼれる。

「ええ。俺の兄——吸血鬼ですから」

思わず目を見張り、真凪は男を凝視した。

——ということは。

「つまり、俺も吸血鬼なんですよ」

にっこりと笑って、あっさりと青島が言った。

「わからなかったでしょう？　俺も人間生活、長いですからねえ…。あ、警察とかはちゃんと試験を受けて受かったんですよ？　自分で言うのも何ですけど、刑事としても有能だし。結構、検挙率に貢献したんですよ、俺。まじめにキャリアを積んで、ちゃんと働いてましたから。人間ぽい暮らしも、わりとおもしろかったなぁ…」

青島がゆっくりと真凪に近づき、少し横の鉄柵に背中を預けるようにして明るく続けた。

「……ではこのまま、人間の中で静かに暮らす選択肢はなかったんですか……？」

低く、真凪は尋ねる。

何も人間に害をなすことなく暮らしているのなら。だからこそ、今まで教会のチェックにかからなかったのだ。

「いやぁ…、そろそろ限界でしたしね。ほら、俺、よく童顔て言われてますけど、ここからなかなか年取らないし」

青島が頭を掻く。

「それにやっぱり、兄さんを助けたいって気持ち、わかるでしょう？」

ちらっと真凪を見て、男が微笑んだ。

しかしその眼差しは冷たく、笑ってはいない。

「封印……されたということは、それなりのことをしたわけですよね？」

男をにらみ上げ、真凪は確認する。

「まぁ…、ちょっとね」

青島が肩をすくめた。

「俺と違って兄は、……まあ、自由な人だったし。きっと、仲間が欲しかったんだと思うんですよ。二、三人、女の子を眷属にしちゃったんですよね」

真凪はそっと息を吸いこんだ。

青島は軽く言ったが、当然、許されることではない。

「叔父が…、封印したんですか？」

かすれた声で尋ねた。

「俺、その時は海外にいたんですよね。だからあとから聞いた話ですけど。結構な死闘だったらしいですねえ…」

どこかのんびりとした口調で、青島が言った。

「なにせ、吸血鬼ですから。そのへんの魔物みたいに簡単に殺すことはできない。聖水とか、銀の杭とか？　そういう武器も使い果たしたんですかね……。桐生神父、ご自分の命を賭けて兄を封印したみたいですよ。すごいですよね。ほんと、見上げたものです」

いかにも感心した口調で、青島がうなってみせる。

しかし真凪は、初めて聞く話に言葉も出なかった。

今までまったく……叔父のそんな話を耳にしたことはない。

吸血鬼もそうだが、人間が魔物を殺すためには、とりあえず銀は有効だ。

銀の刃で心臓を貫く。

つまり、そこにある魔物の「核」を砕くのだ。魔物の形状によって、もちろんその核のある場所は変わってくるが。

それで魔物は塵となって滅びる。

だがそういう手段がとれない時、……そう、おたがいに傷つき瀕死の時などだ。

その場合、絶対的に人間が不利になる。なにしろ吸血鬼は、すぐに再生するのだから。

だから再生する前に「核」とともに吸血鬼の心臓を奪い、自らの身体の中に封印する。命と引き替えに、だ。

その事例はいくつかあり、真凪も熾天使会で講義《レクチャー》を受けたことはあった。

叔父が、まさかそうだとは思わなかったが。

ただ「殉教」とだけ聞かされ、その遺体は実家近くの教会の墓地に眠っている。

……そう。確かに火葬ではなかった。教会からまわってきた遺言で、火葬は禁止されていた。

ようやくその理由がわかる。火葬してしまえば、封印にはならないのだ。

「兄の身体はきれいに残ってるんですよね…。魂だけが抜けたまま。だから封印が解かれると、兄は甦るはずなんです」

静かに続けた青島がふっと鉄柵から身体を離し、真凪の正面に立った。

ぐっとコーヒーの最後の一口を煽《あお》ると、ぐしゃっと紙コップを手の中で握り潰す。

それを無造作に投げ捨て、青島は片手を腰に当てて、わずかに真凪に身を乗り出してきた。

「その封印を解けるのはあなたしかいないんですよね、桐生真凪神父」

「どうして……私が？」

真凪はじっと男を見つめたまま聞き返す。

「ああ…、なるほど。やっぱり知らないんですね」

いかにも楽しげに男が喉で笑う。

真凪は怪訝に首をひねった。うかがうように男を見る。

「何を……です？」

チリッ、と嫌な予感が胸をよぎる。心臓が鼓動を大きくした。

「ご自分の出生を。……かわいそうに。自分のルーツを知らないなんて不幸ですよ」

――出生……？

いかにも同情するように言われ、しかし、真凪には意味がわからない。

両親もいる。自分の出生に不明なところなどないはずだった。

しかし男はうれしそうに続けた。

「不思議に思ったこと、ないですか？　神父さん、妙に怪我の治りが早かったりしませんでした？　それに…、そうそう、ある種の人間をどうしても引きよせちゃったり。逆に、無意識に怯えられて、敬遠されたり。体質的に事件を呼びこむことも多いみたいで…、結構やっかいなんですってね。――半吸血鬼《ダンピール》って」

「ダン、ピール……？」

呆然と、真凪は言われた言葉を繰り返していた。

なかば意味もわからず。

――いや、言葉自体はもちろん、知っていた。

人間と吸血鬼とのハーフだ。

だが。

「そんな……まさか」

無意識に、真凪は笑っていた。

しかし顔が強ばっているのが自分でもわかる。

確かに、男の言ったことにいちいち心当たりはあった。――だが。

「そんなバカなこと……」

知らず、声が震えていた。寒さではなく。

「警察って便利なんですよね。ほら、俺には時間もたっぷりあるし。いろいろと神父さんのことも調べたんですよ？」

かまわず青島が続ける。

「実子の届け出ですけど、ご両親、赤ん坊のあなたを連れて地元にもどってるんですよねー。それに小さい頃はちょくちょく、海外に連れて行かれてたみたいですよ？　三歳くらいまで。どこに行ってたか、記憶にないですか？」

ひどく朗らかに青島が尋ねてくる。

「そんな……」

混乱した。思考が停止した。

何も考えられず、――考えることに何かがブレーキをかける。

胃の中がぐちゃぐちゃに搔きまわされたような不快感で、何かが喉元までせり上がってくるようだった。

もう――止めてほしい。

聞きたくない。

そんな思いを吐き出したくなる。

その時だった。

「――黙れ！」

突然、太い声が夜の空気を切り裂いたかと思うと、ものすごい勢いで鉄柵を跳び越えて男が真凪と青島との間に飛び降りる。

「ヒース…!?」

真凪は思わず目を見張った。

いったいどこから…？

とは思うが、吸血鬼なのだ。ビルの壁を駆け上ることも、隣の屋上から飛び移ってくることもできるのだろう。

見たこともないほど、険しい横顔だった。

「なんだ…。来ちゃったんですか、ヒースさん」

がっかりしたように青島が肩をすぼめた。

「てことは、ババイ、死んだんですかね？　思ったほど使えないなぁ…。にしても、よくこの場所がわかりましたね」

顎に指をあて、青島が首をひねる。

「公安の外事に頼んで真凪の携帯の電波をたどってもらったんだよ。刑事のくせに、案外抜けてるな、おまえ」

いくぶん荒い息を整えながら、ヒースがいかにもからかうように言った。しかしその語尾には、怒気がにじんでいる。

「えーっ、なんでっ？　携帯はちゃんと取り上げて電源切ってましたよっ？」

「真凪は二台持ってたからな。俺のと自分のと」

そういえば、そうだった。回収したヒースの携帯と、自分のものと。それぞれ一つずつコートの左右のポケットに突っ込んでいたのだ。

「うわ…、卑怯だな、それ」

青島が額に手をやって空を仰ぐ。

「それにしても…、おまえだったとはな」

大きく息をつき、ヒースが低くうなった。

「あなたにも気づかれなかったなんて、ちょっとした自信になりましたよ」

肩を揺らして青島が笑う。

「ま、計画には時間もかけましたからね。ちゃんと刑事をやりながら。兄の封印を解くには、桐生神父の血と一族の血を持つ、こちらの神父さんの血がどうしても必要になる。桐生神父の墓を掘り起こして、あなたの血をかければ……兄の核はもとの身体にもどるんですよ。ねえ、神父さんも見たくないですか？　叔父様の遺体、きっと死んだ時のまま、腐ってないですよ。……あ、でも封印を解いちゃったら、多分そこから腐っちゃいますけどね」

くすくすと楽しげに笑う声に、ゾクッと肌が震えた。

無意識に真凪は首を振る。

「違う…、違いますっ！　そんなことはあり得ない…っ」

たまらず叫んでいた。全身から血が引くような気がした。

「何がです？　遺体が腐ってないこと？　それともあなたがダンピールだということが、ですか？」

「あ…」

あざ笑うような言葉に、ビクッと真凪の身体が硬直した。ひどく喉が渇いてくる。

「黙れと言っているっ！」

いらだったように声を上げたヒースが瞬発的に身体を伸ばし、男に襲いかかった。

「――くっ…！」

顔面まで多く伸びた腕を青島が両腕でブロックし、押し返すと同時にスピードのある蹴りがヒースの耳元をかすめる。

「アァァァ…ッ！」

ヒースが片肘でそれを止め、逆に拳が男の脇腹へ入った。

――と思ったが、わずかに後退した男は、軽やかなバック転で戸口の壁を両足で蹴り、すさまじい勢いでヒースの喉元を狙う。

指先から長く伸びた爪が、そのまま鋭い刃物だった。

「つっ……！」

危うくかわしたが、ヒースの頬に二筋の血の痕《あと》が走った。次の瞬間、ヒースの蹴りが男の腹を突き放す。

それでもなかば、身体を反らせることでダメージは殺していたのだろう。青島が軽く飛ぶようにしてうしろに引いた。

その目が追いつかないほどの勢いとスピードに、真凪はただ息を呑んで見つめるしかない。

「……へぇ、腐っても正統の血ですね。さすがですよ。でも俺、スピードで負けたことはないんですよね」

ちらりと自信をのぞかせて、青島が笑う。そして腕を組んで言った。

「あなたのことはもちろん、知ってましたよ？　ヒースさん。教会にしっぽを振るだなんて、一族の恥さらしですからね」

辛辣《しんらつ》な言葉に、なぜか真凪が胸が軋《きし》むように痛くなる。

「おまえがどの家系からの派生かは知らんが、まだ百年程度の若造に意見されるとは、俺も年をとったということかな？」

頬の血を親指で拭いながら、ヒースがゆったりと返す。

「そうですね。あなた、もういい年ですからね。……そろそろ死んだらどうですか？　一族にとっては害にしかなりませんし。知ってます？　あなたみたいなの、老害って言うんですよ…！」

その言葉が終わらないうち、ものすごい勢いで飛びこんだ青島の指がヒースの肩をかすめ、脇腹をかすめる。

その早さに攻撃に出るタイミングを捕らえきれず、ヒースはなんとかかわすと同時に、大きく後ろへ跳躍して距離をとった。

ふわりと、その体重からは想像できないほど軽快に、ヒースが真凪の脇に膝をつく。

「大丈夫か？」

そして視線は男から外さないまま、低く尋ねた。

「ええ…」

息を呑んで、それだけを真凪は答える。

そしてやはり視線は前に向けたまま、ヒースが素早く真凪のうしろに片手を回し、――ブチッ…、と何かが弾け飛ぶような鈍い音がした。

ふっ…と手首が軽くなり、手錠がちぎられたのがわかる。指だけで、さすがにすごい力だ。

ようやく前に手をもどし、無意識にこすれた手首のあたりを撫でながら、真凪は鉄柵につかまるようにしながらなんとか立ち上がった。

その真凪をかばうように、ヒースが男と向き合って目の前に立つ。

「俺ね、神父さん。実は覚えてるんですよ。二十五年くらい前だったかな…、東欧で神父さんに会ったの」

青島も油断なくヒースを見つめたまま、ことさら軽やかな声だけを真凪に投げてきた。

「え…？」

ビクッと真凪の身体が震える。

正直、もう何か何だかわからなくなっていた。どうしたらいいのかも。

「純血種より、異種族の血が入った方がすごい力を生み出すことって、たまにあるみたいですよね。俺、あの時すごいびっくりしちゃてっ」

にやっ、といびつに男の唇が笑みを作る。

「あなたのお母さん、人間の男たちに襲われてて、だけどあなたを人質みたいにされて抵抗できなかったみたいで。結局殺されちゃったんですよね。あなたの本当のお母さん」

ひどく軽く、あっさりと言い放たれた言葉に、真凪の息が止まった。瞬きもできないまま、呆然と男の顔を見つめる。

「いい加減にしろよ…！」

ヒースの低く吠えるような声がさえぎったが、かまわず男は続けた。

「それであなた、泣きながらその男たち、皆殺しにしたんですよ？　三歳の子供が。剣を振りまわして。すごかったなぁ……。あたり一面、血の海で。――でもどうやら、その記憶と力も封印されたみたいですねえ。もったいない」

男がいかにもな調子で嘆息した。

「あ…」

そんな男の言葉に、真凪は無意識に両耳を塞ぐようにして手で押さえる。

それでも——いきなり、幼い頃からよく見ていた悪夢がはっきりとした動画のように、真凪の頭の中で再生された。

何人かの男たちに追いかけられる恐怖。女の悲鳴。いびつな笑い声——そして。

夢……ではない。

あれは、自分の目が見た光景だった。記憶もないほど小さな頃に。

足下から何かが崩れていきそうで、真凪はとっさに横の鉄柵をつかむ。

「本当…、なんですか…？　ヒース」

かすれた声で、真凪は男の背中に尋ねた。全身が小刻みに震えていた。

母が……殺された？　そしてその相手を、自分が殺した……？

自分の血の半分は——吸血鬼、なのか？

「その男たちをけしかけたのがおまえと、おまえの兄貴だろうが」

しかしそれには答えず、代わりに感情の失せた——それだけに激しい怒りのこもるヒースの声がまっすぐに男へ向けて放たれた。

——この男が…？

真凪はうつろな目で、青島を見る。

怒り――という感情が湧く余裕がなかった。

いったい何が真実なのか、もうすでにわからない。考えたくない。

「ああ…、それは制裁ですよ。当然でしょう？　吸血鬼のくせに、人間の子なんか産んだ女ですよ？」

青島が小さく肩をすくめて吐き捨てた。

「それにあの時、子供は人間たちを殺してはいない。確かに手足を失うくらいの大怪我だったが、命は助かったはずだ」

「……あれぇ、そうでしたっけ？」

ピシャリと返したヒースの言葉に、本当に覚えていなかったのか、故意に事実を言い換えたのか、青島がとぼけるように視線を逸らせる。

「ま、どっちにしても、あなたがダンピールだという真実は変えられませんよ。そうでしょう？　それが神父なんかやってるっていうのは、もう笑うしかないですけどね」

――確かに、そうだった。

もうこれ以上、何かを考えることも、何かを知ることも嫌になっていた。

真凪は無意識に持ち上げた自分の手を、手のひらをじっと見つめてしまう。両方の指が自分の身体に触れ、きつく抱きしめる。

この身体に流れる血の半分は――人間ではないのだ。

ふいに、身体の奥から何かが突き上げてきた。

怒りなのか、哀しみなのか。

ただ唇から溢れ出したのは——笑い声だった。

腹を押さえ、真凪は笑い出していた。確かにもう笑うしかない。

いったい今まで……自分はどんな顔をして魔物を狩ってきたのか。

「私が…、真っ先に殲滅させられるべきですね……」

人の皮を被り、人に害する魔物。そのものだ。

知らず、そんな言葉がこぼれ落ちる。

しかし次の瞬間——。

「真凪！」

たたきつけるようなヒースの声に、ハッと息を呑んだ。

「だったら俺はどうだ？　生きていちゃいけないのか？」

背中を向けたまま、淡々と言ったヒースの声が耳を打つ。

「俺は丸ごと吸血鬼だが、死んでほしいか？」

その言葉に、真凪は呆然とした。

ヒースに死んでほしいなどと思ったことはない。

「だとしたら、結構ショックだけどなぁ…」

どこかのんびりとした口調で言われ、真凪はとっさに首を振った。

「いえ、それは――」

「俺もだよ」

きっぱりとヒースが続けた。

「俺も、真凪が生きてくれないと困るから。……もし、おまえが誰かに狩られるんだったら、俺はめいっぱい抵抗するからな？　相手が誰だろうと。教会だろうが、魔物だろうが」

その声がスッ…と身体の奥に入ってくる。

何かでいっぱいになっていた頭の中に――そして心に、すぽっと大きく風穴が空けられたようだった。

ぐちゃぐちゃと乱れ、膨れ上がっていたすべてが一気に外へ飛び出して空っぽになり……全身が軽くなっていた。

教会だろうか――魔物だろうが。

どちら側にいられなかったとしても……この男はそばにいてくれるのだ。

それだけで安心できた。

そして、静かにヒースが続けた。

「真凪…、おまえは自分が何者かはわかっているはずだ。おまえは……狩人《シャスール》なんだろう？　役目を果たせ」

吸血鬼に――そんなことを言われるとは。

身体の中でぐらぐらと揺れていたものが……狂い出しそうになっていたものが、一瞬にカチッと、正しい位置にもどった気がした。

何か……また笑いたくなっていた。

今度はどこか、すっきりとした気持ちで。

「そう…、ですね。人に害する魔物を狩ることが、私の任務です」

やれやれ、というように、青島が首を振った。

「仕方ないですね…。半分は同族なんですよ？　そろそろ認めて、協力してくれてもいいんじゃないかなぁ…。でないと、あなたを運んで墓の上であなたの頸動脈を切らなきゃいけなくなる」

いかにも物騒な言葉だ。

「できもしないことに大口をたたくのは、やっぱりまだガキだってことだよな…」

ヒースが挑発するみたいに言い返す。

「年寄りの冷や水って知ってます？　ヒースさん。おとなしくしてれば、まだ何百年も長生きできるんですけどね…！」

やはり朗らかな口調で、しかし男の表情には明らかないらだちが見えた。

そして鋭く放った気合いとともに、二人がものすごい勢いでぶつかり合う。動くスピードも、ぶつかり合う力も、繰り出される拳や蹴りも、まともに当たればそれだけで息が止まりそうだ。

初めて吸血鬼同士の戦いを見たが、かなり苛烈《かれつ》だった。人間に追いついていけるスピードではない。

……おそらく、ヴァンピールにも。

うかつに手を出せばかえって邪魔になりそうで、真凪自身、身動きがとれなかった。

と、いつの間にか、ビルの屋上へ入るドアから男が一人、顔を出しているのに真凪は気づく。

異変に気づいて様子を見にきた警備員ならさすがに危ない——とあせったが、月明かりの下で見覚えのある男だとわかる。

クレイだ。

吸血鬼ハンターにしてみれば、目の前に二人、獲物がいることになるが、やはり割って入るのは厳しいようだ。

どちらかが倒れれば残りを倒せばいい、という計算にもなるわけで、ただ行方を見守っている。

と、それにヒースが気づいたようだった。

「——クレイ！　剣をよこせっ！」

クレイの方へ立ち位置が入れ替わった瞬間、大きく声を上げる。

「ヒース!?　だが、これは——」

さすがにクレイもとまどい、真凪も驚いた。

クレイがとまどったのも、自分の剣を吸血鬼に渡す、ということよりも、それが銀の剣だということだからだろう。しかも十字架の。

その剣を吸血鬼が手にすればどうなるのか——。

「早くしろっ！」

しかしかまわず、ヒースが叫んだ。

「――ヒース！」

クレイが思い切るような表情で、腰につけていた十字の柄を大きく投げる。

わずかに上空でヒースがそれをつかんだ瞬間、剣となった刃が大きく伸びた。

と、同時に、ジュッ！　とヒースの手から煙が立ち上った。

銀に触れ、手のひらの肉が焼けているのだ。

「ヒース…っ！」

真凪は思わず声を上げていた。

しかしかまわず、ヒースは剣を握ったまま大きく振るう。

「なに…っ!?」

青島が信じられないものを見るように目を見開いた。

それでもなんとか切っ先をかわしながら、双方が剣をかいくぐるようにしてもみ合いになる。かわしきれない刃先がそれぞれの腕や腹をかすめ、痛ましい音と煙と、そしてうなり声が上がる。

おたがいに狙っているところは一つだった。

相手の心臓――その中の「核」だ。

それをえぐり取らなければならない。

銀の剣だけでなく、相手の爪がきわどく腕や腹、肩を貫いていく。

だが、ヒースが剣を握っている時間が延びるほど、その右腕は焼けただれ、使えなくなっていくのだ。

明らかにヒースの腕の力が落ちたのが、傍目にもわかった。額にも首筋にも、大量の汗がにじんでいる。

「自殺行為ですよ！　やっぱり耄碌《もうろく》してますかっ？」

荒い息をつきながらも勝利を意識したのか、青島が煽るように声を上げる。

「……どうかな？」

しかしにやりと笑ったヒースが、次の瞬間、持っていた剣を男に向かって鋭く振り放った。

一瞬、顔を強ばらせ、しかし青島も的確にそれを避ける。

無意識に浮かんだ安堵の表情。——が、たちまち引きつるように青ざめた。

避ける方向を読んでいたのだろう。

ほぼ同時に、ヒースの左手が男の心臓に埋もれていた。手首まで、ぶっすりと。

「な…っ…」

低く濁った声が男の口からこぼれ落ちる。

スピードを誇っていた男の足が、パタッ、と止まる。

「き……さま…ァァァ…ッ！」

それでも腹の底からうなり声を絞り出すと、青島は両手でヒースの手首をつかみ、渾身の力で突き放した。

皮膚のただれた右手をかばいながらわずかに後退し、ちっ…、といかにも苦々しく、ヒースが舌を弾く。核を潰すまでいかなかったようだ。

だが、相当なダメージは負わせていた。ダラダラと青島の胸から血が流れ出している。

よろけるように男の身体が鉄柵へ倒れかかった。

——今なら……捕らえられる。

その判断に、真凪がギュッと胸の鎖を握った時だった。

怒りに燃えるような男の目が、スッ…と真凪に突き刺さった。

と思った瞬間、血まみれの男の手が真凪の首をつかみ、すさまじい力で押し倒した。

——鉄柵の外へ向けて。

「ハァァァァァ……!」

人間の力ではなかった。

声も出ない。喉が詰まり、気を失いそうになる。

踏ん張る力も出せず、腰のあたりまである柵をやすやすと越えて、真凪の身体はあっという間にビルの外へ——闇の中へと投げ出されていた。

落ちる——。

と、その認識はあった。何階建てのビルかはわからなかったが。

ものすごい風が首筋を吹き上げていく。

地面にたたきつけられたらまともな形は残らないだろうな…、と、なぜかそんな冷静な想像ができる。

「真凪っ！」

せっぱつまったヒースの声が耳に届いた。

と同時に、真上から真凪を見下ろすヒースの青ざめた顔。

そしてためらいもなく、ヒースがあとから飛び降りた。

――バカが…っ！

思わず内心でわめいたが、真凪に止めるすべはない。

その向こうに、鉄柵に倒れかかる青島の姿が見えた。

薄く笑って見えるのは、狙い通り、ヒースがあとを追ったからか。その間に逃げるつもりなのだろう。

だが、何かに気づいたように振り返った瞬間――。

「やめろぉぉぉ――――ッ！」

断末魔のような叫びが空気を貫いた。

ビクン、と男の身体が痙攣し、表情が固まる。無になる。

柵越しに、月光を弾いて銀色の剣が突き出しているのがわかった。

男に覆い被さるように、剣を突き立てるクレイの影。

そして——青島の身体がみるみるかき消え、細かな塵になって飛ばされていく。

「ヒース！」

代わりに、身を乗り出すようにして叫んだクレイの姿がみるみる遠くなった。

——だがそれらは、ほんの一瞬の流れだったのだろう。

「真凪っ！」

あっという間に近づいたヒースの声が耳元で響き、大きな腕が真凪の身体を力強く引きよせる。

反射的にしがみついた瞬間、グンッ、と身体に重力がかかったようだった。

思わず目を閉じて、数秒、身体をこわばらせる。

しかし何も起こらず、なんだ…？　とそっと目を開けてみると、どうやらヒースが片腕で窓枠をつかんだまま、ぶら下がっていた。

足下には何もない。

そっと目線を下げると、あと十階分くらいだろうか。真っ暗な空間がぽっかりと広がっている。

「……大丈夫？」

笑って聞かれ、しかしその声もかなりかすれていた。

あ、と気がつくと、ヒースの窓枠にかけた右手は、銀に触れてひどくただれたままだ。

「は…離してくださいっ！　早く！」

とっさに真凪は声を上げる。

「うん…、ちょっと着地の衝撃あるから……気をつけて」

押し出すようにそう言うと、そっと息を吐いて、ヒースが右手を離す。

と同時に、真凪の頭をかばうように腕の中へ抱きしめた。

途中、衝撃を抑えるためか壁に足をこすり、木の葉の中に身体ごとつっこみ、そしてようやく地面に足がついた。

ドン…！　と下から突き上げてくる重みはあったが、それほどのダメージではない。

ふわぁ…、と頭の上でヒースが大きく息をついたのがわかる。

そしてぐったりとしたように、後ろの木に背中を預けた。

真凪もようやく全身から力を抜き、あらためて自分が落ちてきたビルを見上げて、……背筋が寒くなる。

二十階以上はあるのだろう。屋上は闇に吸いこまれるようでまともに見えなかったが。

「あの…、ありがとうございました」

何か……ひどく恥ずかしい気がしたが、ともかく礼を言う。

ヒースだけならコウモリにでもなって飛べばいいので、もっと簡単だったはずだ。

……地面に激突して顔の骨格が変わっても、吸血鬼なら再生するのかもしれないが。

「ああ…。まぁ、言っただろ？　真凪ちゃんの機嫌はとっておかないと。査定に関わるし、俺の地下の部屋に最新の棺桶が来るかどうかに関わる」

そんな言葉にちょっと笑ってしまう。

それがこの男の優しさなのだと、——理解できる。

「あいつ…、青島刑事、逃げたかな？」

と思い出したように、苦い顔でヒースが夜空を仰いだ。

ヒースからは背中の出来事だったので、気づかなかったようだ。

「塵になったのを確認しました。クレイが片をつけてくれたようです」

「……なんだ。結局かよ」

むっつりとヒースがうなった。

と、そこへクレイがビルから出てきてあたりを見まわし、すぐにこちらへ向かってきた。

「さすがに頑丈だな」

「おかげさまで」

そんな軽口だか、皮肉だかに、ヒースもさらりと返している。

吸血鬼ハンターと吸血鬼のはずだが、微妙にわからない関係性だ。

と、そのクレイの足下を真っ白なきれいな猫がするりと走り抜けた。

ああ…、と気づいたようにヒースが視線を落とし、軽く手を上げる。

「ありがとう。室長によろしく伝えて」

それに、みゃっ、と猫が鳴き、あっという間に闇の中へ消えていく。

どうやら、公安外事の須江室長のところの式神らしい。あの美人秘書だ。こちらの騒動に手は出さないが、推移はしっかりと観察し、把握しておこうということか。

「携帯、追いかけてもらったし、車も出してもらったしね」

ヒースが補足するように言って、真凪もうなずく。

そして騎士殿はもしかすると、真凪がメールを打ったことで巻きこんでしまったのだろうか？

「これで任務は完了ということですか？　神父様」

向き直って聞かれ、ええ、とうなずく。

「ご迷惑をおかけしました」

「いえ、私は私の務めを果たしたまでのこと。神父様もどうかお健やかに。この男の躾は大変だろうと思いますが、ご健闘をお祈りいたします」

胸に手を当てて、丁重な挨拶をされる。

そしてヒースに向き直った。

「いずれまた、宿命が重なれば相まみえるだろう。次に会った時は容赦はしないよ、ヒースクリフ」

颯爽とした宣言に、ハイハイ、とヒースはおざなりに返し、パタパタと手を振った。

「またな」

その一言を背に受けて、王子様が去っていく。

「なかなか個性的な人ですね。頼りにはなるみたいですが」

それを見送って、真凪は言った。

「そーね」

どうでもいいようにヒースがうなる。

「一つ聞いていいですか？」

「ああ」

「ヒースクリフというのは？」

「俺の名だが？」

ヒースとしか知らなかったが、どうやらそれが正式な名前らしい。

咀嚼《そしゃく》する三秒の間を置いて、真凪は吹き出した。

くすくすと笑っていたのが、次第にツボに入って爆笑になってしまう。思いきり笑うことが気持ちよかった。

「ちょっと…、かっこよすぎじゃないですか？」

「余計なお世話だっ」

真凪の指摘に、ヒースが口を膨らませてわめいた。

◇　　　◇

「では…、シルヴィア大司教とカッシーニ枢機卿は、私の……その、素性を知っていたということですね？」

とりあえず家にもどり、ヒースの傷の手当てをしながら、真凪はそのあたりのことを確認した。

ヒースのメールの相手も、どうやらシルヴィア大司教だったようだ。「Ａ」は、アルフォンス・シルヴィア大司教のイニシャルでもある。

「クラトが報告していたからな」

それにあっさりとヒースが答えた。

「では、私の本当の父親というのは…？」

「クラトだよ」

もしかすると、というより、おそらく、という気はしていて、真凪はそっと息をつく。

可愛がって――くれたはずだ。

誰よりも近くに感じ、一緒にいると安心できた……はずだった。

「クラトは…、真凪を守るために兄夫婦に預けたんだよ」

静かに言われて、真凪は小さくうなずく。

「でも私は、自分から魔物に近づいていったんですね…」

自分で教会へ入ることを決めたのだ。

「まぁ、それは仕方がないな。結局どうなるかは、真凪次第だったから」

「私次第…？」

真凪はちょっと首を傾げた。

「魔物の血に惹かれれば、これまで関わってきた中ですでに向こう側に行ってただろう。だが狩人《シャスール》を続けているということは、真凪はこちら側の人間だということだよ」

その言葉がゆっくりと胸に落ちてくる。

不安はあるが、自分でもそれを信じるしかない。

真凪は無意識に自分の手のひらを見つめた。

「半分、俺と同じ血だって、信じられない？」

ヒースがそっと、真凪のその手を包みこむように握ってくる。

「実感は……ありませんね」

本当に実感はなかった。確かに、傷の治りが多少早いということはあったにせよ。

「それでいいさ」

ヒースが小さく笑った。

「別に他の人間と何が変わるわけじゃない。多少の違いは個人差のレベルだろ？」

「あなたはどちら側なんですか？」

ふと顔を上げて確認する。

「俺は……ほら、今は真凪ちゃんの下僕だから」

にっこりと笑って、いかにも胡散臭くヒースが言う。

「ずいぶんずうずうしい下僕ですけどね」

ことさら素っ気なく言いながらも、真凪は男の手の右のひらをそっと撫でた。

火傷の痕が生々しい。

普通の切り傷などであればあっという間に塞がってしまうのだが、さすがに銀でつけられた傷はかなり快復が遅いようだ。

他にも、青島——というのが本名のはずはないが——につけられた傷も残っている。

とはいえ、包帯を巻いたりといった手当はあまり意味がなさそうだった。とりあえず、軟膏《なんこう》を塗《ぬ》ってみる。それも気休めかもしれないが。

真凪は今まで銀や聖水が苦手だと思ったことはなかったが——でなければ、神父などできないのだろう——それも個人差なのだろうか。

まあ、叔父の——父の血が強ければ、当然かもしれない。神父の血だ。

「痛みは…、どうですか？」

「大丈夫だよ。俺の再生能力は吸血鬼並みだから」

そんな軽口に、真凪はちょっと笑ってしまう。

「あー、でもしばらくはお風呂で髪、洗ってくれる？　手、使えないから」

「いいですよ」

「めずらしく優しいっ」

そんなリクエストにうなずいた真凪に、ヒースが逆に目を丸くする。

「めずらしくは余計ですね」

真凪はちろっと男をにらんだ。

「あー、まぁでも、その機会もほとんどないかなぁ…。任務が終わったら、すぐに本部に帰らないとね」

こめかみのあたりを掻きながらさらりと言ったヒースの言葉に、真凪はふっと、胸がつまりそうになった。

そうだ。任務は終わったのだ。

報告書をまとめ、ヒースを連れて、宮殿へ帰らなければならない。

「猫がいないと……寒くなりますね」

そう返すのが精いっぱいだった。

このところ、猫の添い寝にも慣れてしまっていた。

あの悪夢は……それでも原因はわかって、見なくなるのだろうか？

そう簡単に切り替えられるものとも思えないが。

「でもその前に……、もう一回、いい？」

ヒースが真凪の肩に鼻をすりよせるようにして、いかにも意味ありげにねだってくる。

「最後の晩餐《ばんさん》？　またしばらく外に出られないなら、餌もたっぷりもらいたいなー」

やっぱりずうずうしい。

「ていうか、結局、最初のホテル以来、俺の方が湯たんぽでご奉仕してないか？」

思い出したように、ヒースが眉をよせた。

実は、まったくその通りなのだ。

真凪にしてみれば、バレたか…、という感じである。

「まぁ、いいですけど、……傷に障りますよ？」

平然とした様子で、そんなふうに返した。

「あー、だったら」

何か思いついたみたいに、男の目がにやりと笑う。

「真凪ちゃんが上に乗ってくれたらいいんじゃないかな？」

「う…、上に…、ですか……？」

思いがけない提案に、思わずうろたえた声が飛び出してしまう。カーッ、と知らず、頬が熱くなるのがわかった。

それは、真凪にとってはあまりにハードルが高い。

とは思うものの。

「……ダメ？」

ちょっとしょんぼりとねだるように言われて、真凪としては応じるしかない。

このあと、ヒースは地下牢にもどるのだと思うと、さすがに断り切れなかった。

そうでなくとも、いろいろと助けてもらっている。心も、身体も。

「ほら、腰に乗ってみて？」

ちょうど真凪のベッドにすわったまま、傷の手当てをしていた。

ヒースが無造作に……恥ずかしげもなく服を脱ぎ捨てると、バタッ…とシーツに横たわり、真凪にうながしてくる。

どうしたらいいのかわからなかったが、とにかく薬箱をサイドテーブルへのせると、真凪は男の顔を見ないようにしながら、その腰に跨がってみた。

が、そこから先、どうしたらいいのかわからない。

喉の奥で笑いながらヒースが手を伸ばし、一つずつ真凪のスータンのボタンを外していった。

「すごーい…。神父さんの服脱がすのって、なんか背徳的」

楽しげに言いながら、ヒースが真凪の前を開き、つっ…と素肌が指先でたどられた。

「あっ…、ん…っ…」

知らず甘い声が唇からこぼれる。

喉で男が笑いながら、するりと手のひらが脇腹を撫で上げた。

「あぁ…っ」

とっさに高い声が飛び出し、ピクッと身体が跳ねる。ざわざわと肌の下で何かがうごめき始めた。

覚えのある予感に、身体が早くも反応している。

そのまま服が肩から落とされ、あっという間に下着も引き下ろされる。

生まれたままの姿で——残った十字架だけを胸に、真凪は硬く目を閉じた。

「真凪……、キスしてくれる？」

やわらかい声でうながされ、仕方なく真凪はそっと目を開く。

まっすぐに見つめてくる眼差しが恥ずかしく、それでも顔を近づけて、そっと自分の唇を男の唇に触れ合わせた。熱い。

「もう一回」

すぐに離した真凪に、男がさらに要求する。

真凪がおずおずと唇を触れさせると、いきなりグッと片手で頭をつかまれ、さらに深く唇が奪われた。そのまま男の舌が口の中に入りこみ、舌を絡め、たっぷりと味わわれる。

抵抗もできず、真凪はそれを受け入れるだけだ。

唾液がいっぱいに口の中にたまり、息苦しくなって、ようやく解放される。それでもこぼれ落ちた唾液が男の喉元に滴るのが見えて、ひどく恥ずかしい。

「――あっ…、あぁ…っ！」

しかし次の瞬間、真凪は男の腹の上で思わず身を反らせる。

キスに気をとられている間に、男のもう片方の指が真凪の腰をすべり、狭間へと入りこんでいたのだ。

誰にも……触れられたことなどない場所だった。

この男に、そこでの快感を教えられるまでは。

しかしすでに男の指を待っているように、軽くいじられただけでヒクヒクといやらしく動き始める。男の唾液に濡れた指が一本、二本と差しこまれて、わずかに痛みに身体が仰け反る。それでも真凪の腰は夢中でそれをくわえこみ、締めつけ、さらにねだるみたいに身をよじった。

中を巧みに掻きまわされ、執拗に何度も抜き差しされて、あっという間に真凪の前が淫らに形を変えるのが、男の目にさらされる。

「見…ないで……っ」

とっさにうめいて顔を背けたが、男のもう片方の指が蜜をこぼす先端をきつくこすって、たまらず腰が揺れてしまう。

男が目を細めるようにして真凪を見つめながら、喉の奥で笑った。

「真凪…、もう俺のが我慢できないみたいだ」

低くささやくように言うと、指を引き抜いたうしろに硬いモノが押し当てられた。

濡れた先端でヒクつく襞が軽くこすり上げられる。

「あ……」

それが中に入ってくる想像だけで、身体の奥から何かが溢れ出しそうになる。頭の奥がジン…と痺れた。ビクビクと全身が、肌が震える。

「真凪の中に……、入っていい？」

わかっているくせに、意地悪く聞いてくる。

「早く……！」

歯を食いしばるようにして吐き出した瞬間、熱い塊が一気に中を貫いた。

「あぁぁぁ……っ！」

衝撃と熱に、真凪は思わず身体を仰け反らせた。

汗ばんだ胸で十字架が大きく弾む。

その冷たく硬い感触にも、身体は敏感に反応を返してしまう。

下から軽く、リズムを刻むように突き上げられて、真凪はあっという間に絶頂に上り詰めた。

男の胸にその証が飛び散り、涙が出そうに恥ずかしい。

「真凪…、いいよ。大丈夫だから」

しかし男は余裕で微笑みながら、真凪の頬をそっと撫でた。

身体の奥にある男はまだ硬いままで、余韻に震える真凪の身体も、だんだんとその熱に落ち着かなくなる。

「なに？」

動いてくれないのが憎たらしくて思わず涙目でにらむが、男は意地悪く聞き返しただけだった。

これはわかっていてすっとぼけている顔だ。

どうしようもなく、焦れるように真凪は腰を揺らせてしまう。

始めは気づかれないくらい――そんなはずもなかったが――少しずつ、しかし次第にそれでは我慢できなくなって、腰の動きが大きくなる。

やがて男の腹に両手をついて、無意識のまま激しく腰を振り立てていた。

「――あ…ん…っ、あぁ…っ、あぁぁ……っ」

「すごい…。今の真凪の顔、想像するだけで、あと十年くらいは一人で慰められそう」

男の手が優しく頬を、腰を撫でながら、低く笑うように言う。

そして両手で腰をつかみ、一気に突き上げられた。

「ふ…、あ…っ、あぁ…っ、いい……っ！」

自分でもわからないまま、声を上げる。

快感と、そして切なさで体中がいっぱいになる。

なぜか泣きたくなった。

こんな身体だけで。

それだけしか与えられていないのに。

――この男はまた、あの冷たく暗い地下牢にもどらなければならないのだ……。

◇　◇

可及的速やかに、というのが規則だった。

その原則に沿い、翌日、真凪たちは日本を発った。

相変わらずヒースは暢気な様子を見せていたが、真凪の方が息苦しかった。

……本当ならば、自分もこの牢に入っていたかもしれない。

そう思うと、落ち着かない気がした。

「またね、真凪ちゃん。次の仕事で一緒になれるといいな」

どうやら新しい棺桶は今のところ支給されないらしく、牢に入ったヒースがひらひらと手を振ってくる。

しかし真凪としては、返す言葉が見つからなかった。

「私が半吸血鬼《ダンピール》だということを、首座はご存じだったのですね。……それでなぜ、私を狩人《シャスール》に認めてくれたのでしょう？」

帰りはシルヴィア大司教のみが同行しており、地下牢を出て礼拝堂にもどってから、真凪はいろんな疑問をぶつけていた。

「君の熱意と、あとは適正だね。他の狩人と一緒だよ。それ以上は理由はない」

しかしそれに、大司教はさらりと答える。

それでも、やはり迷いはあった。

「このまま……、私は神父でいてかまわないのでしょうか？　血の半分が魔物でも？」

「君に血への渇望があるわけではないだろう？　むしろ、狩人《シャスール》としてはよい戦力だよ」

穏やかに言った大司教が、静かに真凪を見つめた。

「狩人《シャスール》は……魔物という生き物を狩るのが任務ではない。魔物という存在を狩ることが目的なのだから」

その言葉に、真凪はハッとする。

魔物――という存在。

多分、真凪自身、今までは一緒にしていたのかもしれなかった。

「まあ、それを言えば、人間の中にも多くの魔物が棲《す》んでいるけどね。とりあえず、そちらは私たちの管轄ではない」

大司教がひっそりと冷笑する。そしてふと、尋ねてきた。

「桐生神父、君がこの任務を受けた時の条件…、それについてはヒースに聞いたかな？」

「いえ…？　何でしょうか？」

聞き返したものの、条件というと――例の身体の、だろうか。

「ヒースがあの条件を出したのは、彼の体調ではなく、君の身体のためだよ」

「え…？」

意味がわからなかった。

「言わなかったのか…」

大司教が苦笑する。

「今回…、君の血については状況次第でヒースが説明することになっていた。本当なら、一生、君は知らなくてもいいことだったんだが、……状況が許さなくなる恐れがあってね」

「状況、ですか？」

とまどったまま、真凪は聞き返す。

「このところ、時々、体調がおかしくなっていただろう？」

「え…？　あ、はい。風邪を引きやすくなっていたようで」

確かにここしばらく、微熱が続くことも多かったが。

「おそらく、封じ込めていた幼い頃の記憶が、魔物と関わるようになって徐々に表面に現れ始めていたのだろう。ただそれを受け入れる条件が、まだ君の中にできていなかった。……何というのかな、ホルモンバランスが崩れているような感じかな」

ちょっと考えるようにして、大司教が例を挙げる。

「正直、ヴァンピールという存在は生体や性質がはっきりとわかっているわけではない。……こんな言い方で申し訳ないが、君しか知らないのでね」

「はい。大丈夫です」

「すべての人間が受け入れられるとも限らないし、教会でもどれだけ守れるかはわからない。だから君のことを知っているのは、神父の中では私とカッシーニ枢機卿くらいなのだが」

その二人に受け入れてもらえていることに、感謝すべきだろう。

むしろ、神父たちから排斥されておかしくないのだ。

「君の中の吸血鬼の血が暴走しないように、ヒースの…、吸血鬼の体液でなだめている…、という感じになるのかな」

「そう…、なんですね」

ちょっと咳払いしつつ、真凪は答えた。

確かに……ヒースには、結構、中に出されていた気がする。

最中は自分でも何も考えられず、意識も飛んで、いろいろとはっきりしないことが多かったけれど。

では、時々ねだってきたキスも、なのだろうか。

「まあ、これで当分は大丈夫ではないかと、ヒースは言っていたが」

「ヒースは…、どうしてそこまで……？」

なかば自分に尋ねるように、真凪はつぶやいた。

それに大司教が静かに答える。

「蔵人に頼まれたと言っていたよ。もし自分に何かあったら、真凪を頼むと。実際、ヒースにしかカバーできない部分もあるだろうからね」

ふっ…と、真凪は息を呑んだ。

心臓がドキドキと大きく打ち始める。

「あの…！」

礼拝堂を出たところで、真凪はたまらなくなって声を上げた。

「ヒースは…、ヒースをこのような地下牢に閉じこめておく必要があるのでしょうか？」

なかば非難するような問いに、大司教は穏やかに答える。

「正統の吸血鬼というのは、それだけで脅威だからね」

「けれど、ヒースが教会や人間に害をなすとは思えません」

「そう…、これはある種の見せしめのようなものだから」

「見せしめ…？」

その言葉に残酷さに、真凪は小さく息を?む。

「吸血鬼の正統の血筋が教会に捕らわれている。その事実だけで教会の権威は守られ、吸血鬼や他の魔物たちへのいい牽制《けんせい》になる。うかつには動けない、という」

「そんな…、それはあまりにもヒースに対して正しい行いであるとは言えません！」

愕然とし、真凪は声を上げていた。

それこそあからさまな非難だったが、大司教はそんな真凪を見つめ、小さく微笑んだ。

「そうだね」

「では…！」

思わず身を乗り出し真凪に、淡々と大司教は言った。

「だが、それが今のバランスなんだよ。……おそらく、君にもすぐにわかる」


そんなふうに諭されたが、やはり真凪は落ち着かなかった。

次の派遣先が決まるまで、とりあえず日本の今の住居に待機という形で、あれからすぐに真凪は日本にもどっていた。ほとんどとんぼ返りである。

だがあのまま宮殿《パレス》にいたら自分が何かしでかしそうで、それもちょっと危うい。

あれから三日がたっていたが、少しも気持ちは休まらなかった。

ふだんなら、待機の期間中はもっとゆったりとリフレッシュできるはずなのだ。しなければ、次の仕事に差し支える。

魔物についての調べ物をしたり、体力作りをしたり、本を読んだり。

だが、何をしていても考えてしまう。

この家には、ヒースと暮らした記憶しかなかった。

そのせいか一人の部屋はひどく広く、そして静かだった。静かすぎるほどに。

それでも、自由はある。

しかしあの冷たい地下の牢獄に——今も、ヒースはいるのだ。

一人で。

この先…、何年も。何十年も。もしかすると、何百年も。朽ち果てるまで。

たまらなかった。

次の任務を……ヒースをこちらからパートナーに指定することができるだろうか？

気がつくと、ずっとそんなことを考えていた。

だがそれも、許可されるかどうかはわからないのだ。むしろ、今回くらい大きな事件でなければ、無理だという気もする。

どうしようもなく、真凪は立ち上がっていた。

このままでは、おそらく次の任務に入っても集中できそうになかった。

――ダメだ。本部に行って、首座か、枢機卿か……会って伝えようと思う。

自分には、まだそこまでの能力はないのかもしれない。そうでなくとも、ヒースに丸めこまれていることの方が多い気もする。

それでも叔父のように、自分がヒースのパートナーになる。すべての責任は自分がとる。

――だから。

一緒に、連れて行きたい、と。

とにかく希望だけは出してみようと思った。

そして、その勢いのまま部屋を飛び出しそうになり、いや、とにかく飛行機の便を調べなければ、と思い直して、パソコンのあるリビングへ向かう。

いつになく荒々しくドアを開けて中へ入った時だった。

視界の隅を、サッ…とかすめるようにして何かが動いた。

ふわりと茶色っぽいものだ。

……え？

錯覚ではない。

あわてて追いかけると、それは隠れるようにソファの後ろで丸くなっていた。

見覚えのある大きな猫だ。見覚えがありすぎる。

まともに目が合うと、いかにも「見つかったか…」という顔で、視線をあらぬ方に飛ばす。

間違いなく――ヒースだった。ヒースが変身した時の猫だ。

「なんで……」

猫を見つめたまま、真凪は呆然と立ち尽くした。

「どうして…、いるんですかっ⁉」

「みゃっ！」

思わず吐き出したその勢いに、猫が驚いたように飛び上がった。毛が逆立っている。

そして、おそるおそる、といった顔で真凪の様子をうかがった。

真凪は大きく腕を伸ばし、がっちりとその重い身体を身体を持ち上げてみる。

間近で見ても、やはり――ヒースだ。

どうやって？　まさか……脱走したのか？

そんなことをすれば、今度こそ本当にお尋ね者である。それこそ、狩人《シャスール》の獲物だ。

「みゃあ？」

と、機嫌をとるように鳴いて、頭を肩口にすりつけてきたが、猫の姿ではらちが明かない。

「すぐに人の姿にもどってください！　――あ、そっちの部屋で！」

いきなり人の姿になると、いつかのように生まれたままの状態だ。

あわてて真凪は、猫をヒースの部屋だったところに放りこんだ。中は特に手をつけていなかったから、着替えもあるはずだ。

中でごそごそと音がしている間、真凪はソファにすわりこみ、腕を組んでイライラしながら待っていた。

やがてそっとドアをが開き、おずおずとヒースが顔をのぞかせる。

「やっ、ひさしぶりだねっ、真凪ちゃんっ」

そして満開の笑顔で言った。

「ほんの三日ぶりですよ」

ピシャリと真凪は言い返す。そしてじろりと男をにらんだ。

「……脱走したんですか？」

「まさかっ」

ぶるぶるとヒースが首を振る。

「ていうかね…、俺、ホントは教会とは契約をしてないんだよ」

頭を掻きながらようやく口を開いた男に、真凪はわずかに眉をよせる。

「どういうことです？」

「教会とは取り引きをしただけ。二百年前も、今もね」

「取り引き…？」

どう違うのかわからない。

「二百年前、教会がそれこそ吸血鬼の殲滅を計画したことがあってね。まあ、その頃の吸血鬼がやりたい放題だったせいでもあるんだが」

ヒースが首のあたりを撫でる。

「だが、どう考えても数が違う。本当にやる気なら、間違いなく吸血鬼が根絶やしにされる。それで…、俺はあの地下牢へ自分から入ったんだよ。形としては捕まった体でね。それで吸血鬼たちは危機感を覚えたんだろう、一族の中でそれぞれに人間には手を出さないというルールを作った。破った場合は、教会に捕らえられても仕方がない、ってね。契約じゃないから、出ようと思えば勝手に出ることはできるんだ。ただそのことを知ってるのは、申し送りされてたトップの人間だけ。今だとカッシーニと、あと職務上、熾天使座の首座とね」

――自分から……？

「だからといって…、勝手に抜け出していいものではないでしょう？」

とまどいつつ、真凪は聞き返した。

「真凪が帰れというのなら帰るけど」

ちょっと真凪の表情を探るようにして、ヒースが言った。

「俺は地下牢にいることになってる。だが様子を見に来る人間はいない。つまり俺が自由にうろうろするのは、首座も枢機卿も黙認してるってことなんだよな」

まさか、首座が「すぐにわかる」と言っていたのは……このことなのだろうか？

何か一気に気が抜けるみたいで、真凪はソファの背もたれに身体を預けた。

「だから真凪ちゃんが地下牢に来るって聞いた時は、ヒゲを伸ばしたりとかの演出もあったから、しばらくいたよ？　えーと、ひと月くらい？　髪はまあ、外でも伸ばしっぱなしだったけど」

「演出!?」

脳天気な言葉に、思わず目を剝いた。

そういえば、思い当たることはちょこちょことあった。

あまりにもいろいろと話題の映画やドラマを知りすぎていたし、最初の夜、ホテルでヒースが風呂に入っていた間、聞こえてきた暢気な鼻歌はＪポップの新曲だったように思う。最新の携帯やなにかも難なく使いこなしていた。

それがわかると、ふつふつと身体の奥から怒りというか、悔しさというか、この野郎っ、という気持ちが湧いてくる。

あれだけ――悩んでいたのだ。自分は。

「いい度胸ですね…。私をこれほど怒らせた人間……魔物もめったにいませんよ？」

思わず、低い声でうめいていた。

「えー、カワイイと思ってよ？　ご主人様のそばにいたいだけだから」

ヒースが犬みたいに真凪の足下にうずくまって、上目遣いに見つめてくる。

「真凪との契約は生きてるんだよ？　俺を縛るのはそれしかないから。だから、ちゃんと面倒みてくれないと」

そんなふうに言われると、ちょっとまんざらでもない気はしてしまう。

吸血鬼との契約など、きっと相当に面倒なことだとわかっていたけど。

「仕方がないですね…」

いかにもなため息混りに真凪はつぶやいた。

そう、契約をしてしまったのだ。

しっかりと、身体の条項もいれて、だ。

「便利だと思うよ？　コウモリにもなれるし、猫にもなれるしっ」

吸血鬼が必死にアピールしてくる。

「コウモリはいいです」

正直、あまり役に立ちそうにない。

だが猫は――ちょっとうれしかった。なにしろベッドが温かくなる。

「猫なら、許してあげてもいいですよ？」

そんなふうに言った真凪に、やったっ、とうれしそうな声が返る。

多分、何でもないこんなやりとりをする相手がいることが、真凪にとっては少し幸せなことだと思う。

そして本当は、真凪にも十分にわかっていた。

きっと自分は……この先、中途半端な自分を持て余す。

人間と魔物と。

どうなるかわからない自分を。

狩人《シャスール》という自信と誇りを持って立っていられるとしたら、きっとこの男が支えてくれるのだ――。

end.

あとがき

こんにちは。今年最初の１冊になりますでしょうか。……というより、去年末からの宿題でしたね。本当にすみません…。

こちらの神父様と吸血鬼のコンビ、初お目見えになります。一度、神父さんを書いてみたいなー、と思っていたので、ここへ来てようやく、でした。いや、色っぽいですよねっ、神父様（不心得者…）。ええ、特にロザリオだけのアレが……げふっ。

その取り合わせがなぜ吸血鬼になってしまったのは謎ですが、おっさんの吸血鬼です。はい、とても私らしいと思われます。でも映画とかだと、（作中でヒースが愚痴ってますが）やっぱり美青年、美少年が多いですよね。耽美なイメージですが、私が書くとどうやってもコメディにしかならない…。そんなお話です。本当は教会内部の、ドロドロな政治劇とかも書いてみたい気はしますが、……ＢＬにはならないですね、きっと。

ふと考えてみたら、今までもかなりファンタジー上の年の差カップルというのは書いているのですが、攻めの方が人外というのは私の中でもめずらしいタイプかもしれません。狐にカッパに宇宙人、フクロウもヘビもペガサス様も受けでしたし、攻めでパッと思いつくのは、黒ウサ１匹と狼２匹……くらいかな。白虎もいますが、これは相手も人外ですし。

ううん、こうしてみると狼は基本攻めイメージなんですね、やっぱり。
　吸血鬼も攻めイメージですが（基本、襲ってますもんね）、そういえばこちらの本とペアになるお話が3月に出る予定でございます（よ、予定…）。そちらも同じく神父様と吸血鬼のカプなのですが（キャラは違います）、こちらは吸血鬼受けになります。ちょっとレアな感じでしょうか？　気合いを入れてがんばりますっ
　今回イラストをいただきました山岸《やまぎし》ほくとさんには、本当にありがとうございました！例によってバタバタと申し訳ありません…。本当に色っぽい目力、流し目の神父様と、おっさんのくせにカッコ可愛い吸血鬼でした。さらにはふわふわにゃんこもすごく可愛かったです。あ、騎士様もさわやか美青年で、そのためかうっかり出番が増えたような気がします。本当にありがとうございました。次巻もよろしくお願いいたします。そして、編集さんには本当に本当に申し訳ありません…。そしてここまで辛抱強く粘っていただいて、本当にありがとうございました。うう…、次巻はっ。次こそはもう少し何とか…っ。大殺界も明けたようですので、生まれ変わった姿をお見せしたいです！　よろしくお願いいたします。
　そして、こちらを手にとっていただきました皆様にも、本当にありがとうございました。ずるずるとお待たせして申し訳ありませんでした。主人公二人の掛け合いと、ドタバタ活劇とちょこっとミステリー、お楽しみいただけるとうれしいです。そして3月予定のもう

1冊は、またがらっと雰囲気の違うキャラとお話になるかと思いますので、そちらもお付き合いいただけると幸いです。
昨年はリンクスさんだけでなく、各方面ダメ過ぎな一年でしたが、今年は年明けスタートの月に、関係各所の皆様のおかげで（本当に…！）何とか無事に出すことができました。これを力にこの一年、つっ走って……だとコケる年になりましたので、着実に一つずつ、形を残していきたいと思います。楽しくドキドキワクワクできるお話をたくさん書きたいですねっ。どうかまた、懲りずにお付き合いくださいませ。
それでは、近いうちにまたお会いできますように――。

1月　お正月はひさしぶりに石狩鍋をしました。鮭と味噌、サイコー！

水壬楓子《みなみふうこ》

ルナティック ガーディアン

水壬楓子
イラスト：サマミヤアカザ
本体価格870円+税

北方五都の中で高い権勢を誇る月都。第一皇子である千弦の守護獣・ルナは神々しい聖獣ペガサスとして月都の威信を保っていた。だが、半年後に遷宮の儀式をひかえ緊張感が漂う王宮では、密偵が入り込みルナの失脚を謀っているとも囁かれている。そんな中、ある事件から体調を崩しぎみだったルナは人型の姿で庭の一角に素っ裸で蹲っていたところを騎兵隊の公荘という軍人に口移しで薬を飲まされ、助けられる。しかし、その日からルナはペガサスの姿に戻れなくなってしまい、公荘が密偵だったのではないかと疑うが…。

リンクスロマンス大好評発売中

太陽の標　星の剣 ～コルセーア外伝～

たいようのしるべ　ほしのつるぎ　～こるせーあがいでん～

水壬楓子
イラスト：御園えりい
本体870円+税

シャルクを殲滅するため本拠地テトワーンへ侵攻していた、ピサール帝国宰相のヤーニが半年ぶりにイクス・ハリムへと帰国した。盛大な凱旋式典や、宴を催されるヤーニだが、恋人であるセサームとの二人だけの時間が取れずに、苛立ちを募らせていた。そんな中、セサームの側に彼の遠縁のナナミという男が仕え始めていて、後継者候補だと知る。近いうちに養子にするつもりだというそのナナミに不信感を覚えたヤーニは彼を調査するよう指示するが…。

リーガルトラップ

水壬楓子
イラスト：**亜樹良のりかず**
本体価格870円+税

名久井組の若頭・佐古は、組のお抱え弁護士である征眞とセフレの関係を続けていた。そんなる日、佐古は征眞が結婚するという情報を手に入れる。征眞に惚れている佐古は、彼が結婚に踏み切らないよう、食事に誘ったりプレゼントを用意したりと、あの手この手で阻止しようとする。しかし残念ながら、征眞の結婚準備は着々と進んでいき…。

リンクスロマンス大好評発売中

フィフティ

水壬楓子
イラスト：**佐々木久美子**
本体870円+税

人材派遣会社「エスコート」のオーナーの榎本。恋人で政治家の門真から、具合の思わしくない、榎本の父親に会って欲しいと連絡が入る。かつて、門真とはひと月に一度、五日の日に会う契約をかわしていたが、恋人となった今、忙しさから連絡を滞らせていたくせに、そんな連絡はよこすのかと榎本は苛立ちを募らせる。そんな中、門真の秘書である守田から、門真のために別れろとせまられ…。オールキャストの特別総集編も同時収録!!

LYNX ROMANCE

小説原稿募集

リンクスロマンスではオリジナル作品の原稿を随時募集いたします。

募集作品

リンクスロマンスの読者を対象にした商業誌未発表のオリジナル作品。
（商業誌未発表のオリジナル作品であれば、同人誌・サイト発表作も受付可）

募集要項

＜応募資格＞

年齢・性別・プロ・アマ問いません。

＜原稿枚数＞

４５文字×１７行（１枚）の縦書き原稿、２００枚以上２４０枚以内。
※印刷形式は自由。ただしＡ４用紙を使用のこと。
※手書き、感熱紙不可。
※原稿には必ずノンブル（通し番号）を入れてください。

＜応募上の注意＞

◆原稿の１枚目には、作品のタイトル、ペンネーム、住所、氏名、年齢、電話番号、メールアドレス、投稿（掲載）歴を添付してください。
◆２枚目には、作品のあらすじ（４００字～８００字程度）を添付してください。
◆未完の作品（続きものなど）、他誌との二重投稿作品は受付不可です。
◆原稿は返却いたしませんので、必要な方はコピー等の控えをお取りください。
◆１作品につき、ひとつの封筒でご応募ください。

＜採用のお知らせ＞

◆採用の場合のみ、原稿到着後6カ月以内に編集部よりご連絡いたします。
◆優れた作品は、リンクスロマンスより発行させていただきます。
原稿料は、当社既定の印税でのお支払いになります。
◆選考に関するお電話やメールでのお問い合わせはご遠慮ください。

宛先

〒151-0051
東京都渋谷区千駄ヶ谷４−９−７
株式会社　幻冬舎コミックス
「リンクスロマンス　小説原稿募集」係

LYNX ROMANCE イラストレーター募集

リンクスロマンスでは、イラストレーターを随時募集いたします。

リンクスロマンスから任意の作品を選び、作品に合わせた
模写ではないオリジナルのイラスト（下記各1点以上）を描いてご応募ください。
モノクロイラストは、新書の挿絵箇所以外でも構いませんので、
好きなシーンを選んで描いてください。

1 表紙用 カラーイラスト

2 モノクロイラスト（人物全身・背景の入ったもの）

3 モノクロイラスト（人物アップ）

4 モノクロイラスト（キス・Hシーン）

募集要項

＜応募資格＞

年齢・性別・プロ・アマ問いません。

＜原稿のサイズおよび形式＞

◆Ａ４またはＢ４サイズの市販の原稿用紙を使用してください。
◆データ原稿の場合は、Photoshop（Ver.5.0 以降）形式でＣＤ－Ｒに保存し、出力見本をつけてご応募ください。

＜応募上の注意＞

◆応募イラストの元としたリンクスロマンスのタイトル、あなたの住所、氏名、ペンネーム、年齢、電話番号、メールアドレス、投稿歴、受賞歴を記載した紙を添付してください（書式自由）。
◆作品返却を希望する場合は、応募封筒の表に「返却希望」と明記し、返却希望先の住所・氏名を記入して返送分の切手を貼った返信用封筒を同封してください。

＜採用のお知らせ＞

◆採用の場合のみ、６カ月以内に編集部よりご連絡いたします。
◆選考に関するお電話やメールでのお問い合わせはご遠慮ください。

宛先

〒151-0051 東京都渋谷区千駄ヶ谷４－９－７
株式会社　幻冬舎コミックス
「リンクスロマンス　イラストレーター募集」係

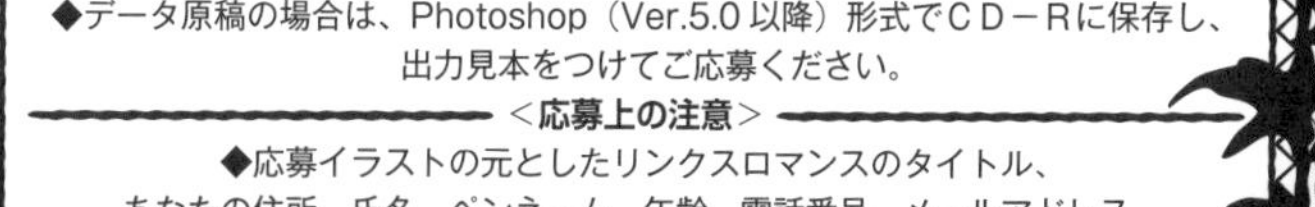

この本を読んでの
ご意見・ご感想を
お寄せ下さい。

〒151-0051
東京都渋谷区千駄ヶ谷4-9-7
(株)幻冬舎コミックス　リンクス編集部
「水壬《みなみ》楓子《ふうこ》先生」係／「山岸《やまぎし》ほくと先生」係

リンクス ロマンス

満月の夜は吸血鬼とディナーを

2017年1月31日　第1刷発行

著者……………水壬《みなみ》楓子《ふうこ》
発行人…………石原正康
発行元…………株式会社　幻冬舎コミックス
〒151-0051　東京都渋谷区千駄ヶ谷4-9-7
TEL 03-5411-6431（編集）
発売元…………株式会社　幻冬舎
〒151-0051　東京都渋谷区千駄ヶ谷4-9-7
TEL 03-5411-6222（営業）
振替00120-8-767643
印刷・製本所…共同印刷株式会社
検印廃止

ISBN978-4-344-83848-2 C0293
Printed in Japan

幻冬舎コミックスホームページ　http://www.gentosha-comics.net

本作品はフィクションです。実在の人物・団体・事件などには関係ありません。